www.tredition.de

Über die Autorin:

Susanne Fuß, geboren 1968, studierte Anglistik, Amerikanistik und Komparatistik, arbeitete anschließend als Wissenschaftliche Dokumentarin im Rundfunk und beim Deutschen Musikrat. Seit 2012 schreibt sie Drehbücher und ist freiberufliche Lektorin und Übersetzerin. *Driving Phil Clune* ist ihr Roman-Debüt.

Susanne Fuß

Driving Phil Clune

© 2015 Susanne Fuß
2. Auflage 2018
Fotografie und Umschlaggestaltung: Ian Umlauff
www.ianumlauff.com

Verlag: tredition GmbH, Hamburg

ISBN
Paperback   978-3-7469-3458-2
Hardcover   978-3-7469-3459-9
e-Book   978-3-7469-3460-5

Printed in Germany

Angelinas Make-up verlief. Nicht, dass sie weinte. Auch wenn es zu dem trübseligen Wetter gepasst hätte. Ihr strahlendes Lächeln strafte die Vermutung Lügen, auch wenn es sich langsam am rechten Mundwinkel aufzulösen schien. Jedenfalls kam Bewegung in die Gestalt, die eben noch so reglos und weit entfernt war. Herbert Maletzke saß in seinem Taxi und beobachtete fasziniert das Kinoplakat auf dem ein überlebensgroßes Porträt Angelina Jolies prangte. Willig gab er sich der Illusion von Bewegung hin: *Sie sieht mich. Die ganze Zeit schon hat sie mich gesehen. Sie kommt auf mich zu...*

Ein heftiges Klopfen an der Fahrertür seines Taxis riss ihn aus seinem Traum. Er fuhr herum und sah durch die unablässig an der Fensterscheibe herunterrinnenden Regentropfen das Gesicht einer alten Frau. In gewohnter Routine stieg er aus dem Wagen, um ihr die hintere Tür zu öffnen, als er mit seinem Fuß strauchelte und fast hinfiel. Die mit einer Plastikhaube gegen den Regen bewehrte Alte klammerte sich verärgert an ihren tropfnassen Rollator.

„Passen Sie doch auf!"

Herbert brummelte eine Entschuldigung und half der übergewichtigen Frau auf den Rücksitz. Der Regen prasselte nun in voller Wucht auf das Autodach. Herbert schob den Rollator zum Kofferraum und rüttelte an den Scharnieren und Griffen, um das sperrige Gerät zusammenzulegen. Zunehmend packte ihn die Wut. Mehr noch als der Regen, der ihn nun erbarmungslos durchtränkte, ärgerte es ihn, dass die Alte ihn aus seinem glückseligen Gedankengang gerissen hatte. Der Faden war gekappt: Angelina hing wieder an ihrem Kinoplakat, fern und unerreichbar. Aber doch auch ein Stück vertraut. Ihr neuer Film lief bereits seit sechs Wochen. Und so lächelte sie seit sechs Wochen Herbert an seinem Taxistand beim Multiplex-Kino an. Ebenso wie auch Halle Berry, Will Smith, Liam Neeson und all die anderen seiner großen US-amerikanischen

Filmfamilie, mit denen er während der langen Wartestunden im Taxi seine stumme Konversation hielt.

Mit der unterdrückten Wut des Nicht-zum-Zuge-Gekommenen hievte Herbert die Gehhilfe in den Kofferraum. Schließlich rettete er sich auf den Fahrersitz, obwohl es nichts mehr zu retten gab. Er würde nach der Fuhre erst einmal nach Hause fahren müssen, um sich umzuziehen. Er konnte es nicht leiden, mit nasser Hose im Auto zu sitzen. Es war eine von vielen Unannehmlichkeiten, die Herbert nicht ertragen konnte.

„Wo soll's denn hingehen?"

„Augustastraße 24."

Die Scheibenwischer wischten mit dem Regen auch den letzten Rest seiner Illusionen beiseite. Das Taxi fräste sich seinen Weg durch den Berliner Feierabendverkehr. Gott sei Dank verwickelte die Frau ihn nicht in ein Gespräch. Soweit es der Verkehr zuließ, wollte er wenigstens einen Teil seiner Gedanken einer anderen Welt vorbehalten, einer besseren, vor allem einer trockeneren. Regnete es jemals in Hollywood? An den palmengesäumten Boulevards von Beverly Hills? Da er nie vor Ort gewesen war, versuchte er sich an Filmszenen zu erinnern. Doch so sehr er sich auch konzentrierte sah er nur jene bonbonfarbenen Chevys vor seinem inneren Auge, die im gleißenden Sonnenlicht bei zurückgeklapptem Verdeck durch die Landschaft paradierten.

„Wo fahren Sie mich hin, junger Mann? Sie müssen links ab."

Herbert grummelte eine Entschuldigung und drängelte sich, begleitet von einem Hupkonzert, noch schnell auf die linke Abbiegespur. Der Hinweis auf sein Alter ärgerte ihn. Aus der Sicht der Alten mochte er jung sein, dennoch verstand er die Anspielung als pure Ironie. Vielleicht würde es ihm nicht so nahegehen, wenn er mit seinen fünfundfünfzig Jahren da angekommen wäre, wo man in diesem

Alter gemeinhin sein sollte: Bei Familie, Ehefrau, Verantwortung für Kind und Hund, vielleicht einem eigenen Unternehmen. Doch nichts davon. Er wohnte in seiner Junggesellenbude und lebte zu einem nicht unerheblichen Teil vom Geld seiner Mutter, die er im Gegenzug pflegte. Sein einziger Bruder Harry, der wegen psychischer Erkrankungen mehr Zeit in der stationären Psychiatrie verbrachte als zu Hause, war ein Totalausfall. Herbert war allein und er war da stehengeblieben, wo er schon als Zwanzigjähriger gestanden hatte. Dabei gab er sich alle Mühe. Er hatte viel zum Thema Demenz gelesen und versuchte alles zu tun, um seiner Mutter ein halbwegs eigenständiges Leben zu ermöglichen. Aber irgendwie war dieses Engagement rückwärtsgewandt. Es fehlte der Blick nach vorne in seine eigene Zukunft. Zukunft? Welche Zukunft erwartete einen noch mit fünfundfünfzig? Der Horizont verengte sich seit langem wieder, dabei hatte er sich für ihn nie wirklich geöffnet.

Herbert bog in die Augustastraße ein. Die Alte werkelte an ihrer Handtasche und fischte nach ihrem Portemonnaie. Herbert erwartete nicht viel Trinkgeld. Seine Gedanken drifteten wieder ab zu der anderen, zu seiner imaginierten Familie. Eine Hoffnung blieb ihm: Einmal einen der überlebensgroßen Plakathelden in seinem Taxi wiederzufinden. Einmal! War das so unwahrscheinlich? Berlin war ein gutes Pflaster: Die Studios in Babelsberg, die Berlinale! Warum sollte sich nicht der ein oder andere Star in die Metropole verirren und ein wenig Glanz in sein Leben oder wenigstens in sein Taxi bringen - Glanz, an dem es seiner kleinen Welt so schmerzlich mangelte? Aber aus den USA oder wenigstens aus Großbritannien sollte er (oder sie) schon sein, nicht diese Möchtegern-Größen aus Deutschland. Ein Kollege hatte vor einigen Jahren einen Berliner Entertainer gefahren. Am Ende hatte der prominente Fahrgast ihm zwanzig Pfennig Trinkgeld in die Hand gedrückt mit den Worten: „Aber gebense nicht alles auf einmal aus." Genau das war Deutschland: klein, billig, knausrig, lustfeindlich und sich darauf noch etwas einbildend. Das war Deutschland, das waren deutsche Filme und das war deutsches Wetter. Herbert stieg aus dem Wagen und öffnete den Kofferraum. Als er den Rollator heraushob, erinnerte er sich unwillkürlich: Vor zwei Jahren hatte er ein älteres Pärchen nach Tegel gefahren. Beim Ausladen des umfangreichen Gepäcks hatte er aus den Augenwinkeln Daniel Craig auf den Taxistand zugehen sehen. Er war jedoch noch zu beschäftigt gewesen, um seine Dienste anbieten zu können und so ging die einmalige Gelegenheit an ihm vorbei. Vielleicht war es ja nicht Craig, so genau hatte er den Mann nicht sehen können. Eigentlich hatte er sich mit diesem Gedanken trösten wollen, doch ihm war der Glaube letztlich lieber, knapp an der großen Chance vorbeigegangen zu sein, als sie nie gehabt zu haben.

„Wollen Sie kein Geld?"

„Äh...doch."

„Wenn's darum geht, werden alle wieder wach."

Die Alte drückte ihm schnell fünfzehn Euro in die Hand, wackelte in den Hauseingang und ließ Herbert im Regen stehen.

***

„Ich weiß nicht so recht, Lutz. Du kennst Harry Maletzke besser. Trotzdem hab' ich in dem Fall ein komisches Gefühl."

Durch das Fenster des Besprechungszimmers in der psychiatrischen Klinik drangen die ersten Strahlen der Hamburger Morgensonne. Abteilungsleiter Hartmut Langner blinzelte irritiert und versuchte, instinktiv in den Schatten auszuweichen. Sein Kollege Oberarzt Lutz Schroth insistierte:

„Ich kann ihm den Freigang nicht abschlagen. Er hat dafür gearbeitet. Ich kann nichts anderes sagen, als dass er sich an alle Verabredungen gehalten hat. Ich muss zu meinem Wort stehen."

Langner fuhr sich mit der Hand durch das spärlicher werdende Haar. Immer wenn er verunsichert war, strich er über sein Haar, vielleicht um sich zu vergewissern, dass wenigstens davon noch etwas übrig geblieben war, etwas zum Festhalten in einer Situation, in der man Sicherheiten brauchte. Es wäre ihm lieber gewesen, den Patienten Maletzke weiterhin stationär dazubehalten.

„Na gut Lutz. Aber du hältst den Kontakt."

„Natürlich. Soll ich ihn reinholen?"

Langner nickte schicksalsergeben. Lutz Schroth steckte seinen Kopf aus der Tür des Besprechungszimmers:

„Herr Maletzke!"

Federnden Schrittes betrat Harry Maletzke das Besprechungszimmer. Er hatte sich in Schale geschmissen und das neue Jackett angezogen, das er sich erst vor kurzem anlässlich seines fünfzigsten Geburtstags gekauft hatte. Das weiße Hemd, der perfekt frisierte Seitenscheitel und nicht zuletzt sein Aktenkoffer rundeten die Erscheinung ab. Langner fühlte sich ungut an einen Pharmavertreter erinnert. Schnurstracks durchmaß Harry den Raum, griff über den Schreibtisch nach Langners zögernder Hand und schüttelte sie jovial.

„Schönen guten Morgen, Herr Langner!"

Langner versuchte vergeblich, sich Harrys Griff zu entziehen."

„Wie geht es Ihnen? Alles im grünen Bereich?"

„Äh, gut – gut, Herr Maletzke."

„Das freut mich zu hören!"

Harry ließ Langners Hand los und tätschelte ihm kameradschaftlich den Arm, bevor er sich zu Schroth umwandte. Schroth hatte den Auftritt mit sichtbarer Anspannung beobachtet. Harry registrierte Schroths Nervosität und lächelte ihm augenzwinkernd zu. Schroth sollte sich mal keine Sorgen machen- Harry hatte die Situation voll im Griff.

Langner fühlte sich, noch bevor das Gespräch begonnen hatte, in die Defensive gedrängt. Er musste versuchen, seine Position als Gesprächsführer zurückzugewinnen.

„Bitte setzen Sie sich doch, Herr Maletzke"

„Gerne."

Mit breitem Grinsen ließ sich Harry Maletzke auf dem Besucherstuhl nieder. Noch bevor Langner ansetzen konnte, eröffnete Harry die Runde:

„Was kann ich für Sie tun?"

Langner fühlte sich zunehmend von Harrys Auftreten aus dem Konzept gebracht. Er unterdrückte den Impuls, sich durch das Haar zu fahren. Wie konnte es sein, dass ein Mann, der immer wieder wegen gravierender Persönlichkeitsstörungen stationär behandelt werden musste, eine solche Selbstsicherheit und Gelassenheit an den Tag legen konnte? Langner misstraute dem Anschein. Es durfte einfach nicht sein, dass ein Patient mehr Selbstwertgefühl ausstrahlte als er selber. Es sollte schließlich kein Zweifel darüber bestehen, wer von ihnen beiden behandlungsbedürftig war. Langner blickte misstrauisch zu Schroth, um sich zu vergewissern, dass ihm nicht vielleicht ähnliche Gedanken durch den Kopf gingen.

„Es geht um die Frage, ob Sie sich imstande fühlen, die nächste Woche außerhalb der Klinik zu verbringen."

„Selbstverständlich. Ich sehe darin kein Problem."

Langner begriff zu spät, dass er die Frage unglücklich formuliert hatte. Welche andere Antwort hätte er von diesem Mann darauf erwarten können? Er blickte zu Schroth. Es war seine Initiative. Er würde ihn letztlich für alles zur Verantwortung ziehen.

„Na gut, Herr Maletzke, aber wir bleiben regelmäßig in Kontakt. Sie melden sich bei Dr. Schroth."

„Immer gerne!"

Plötzlich drangen aus dem Flur aufgeregte Stimmen. Ein heftiges Fußgetrappel kündigte ein unvorhergesehenes Ereignis an. Die beiden Ärzte blickten alarmiert zur Tür. Schroth stand auf, als sich die Tür vor seiner Nase öffnete und zwei aufgeregte Pfleger die dringende Anwesenheit beider Ärzte bei einem Notfall einforderten. Langner blieb nichts anders übrig, als seine Bedenken im Fall Maletzke zurückzustellen und sich seinem aktuellen Problem zu widmen. Hastig eilte er mit Schroth zur Tür, bevor er sich im letzten Moment zu Harry umwandte.

„Entschuldigen Sie uns einen Augenblick."

„Gehen Sie nur. Von meiner Seite ist ja alles geklärt. Ich möchte Sie auch gar nicht länger aufhalten."

Harry stand auf und folgte den beiden Männern, die im Laufschritt den Pflegern durch die Gänge hinterher eilten. Im Türrahmen besann sich Harry und kehrte noch einmal in das Besprechungszimmer zurück. Eine einmalige Chance: Seine Akte lag auf dem Schreibtisch. Interessiert blätterte er sie durch und stieß auf Begriffe wie Megalomanie und Wahnvorstellung. Dann fand er endlich den Bewilligungsschein für seinen Ausgang. Aus sieben Tagen Freiheit machte er mit einem geschickt platzierten Strich siebzehn. Neben seiner Akte lag ein Klemmbrett, an dem sein Anamnesebogen angeheftet war. Harry unterbrach seine Lektüre jedoch, als er Schritte im Flur hörte. Er stopfte das Klemmbrett schnell in seinen Aktenkoffer und schaffte es, unbemerkt aus dem Büro zu verschwinden und die Klinik Richtung Freiheit zu verlassen.

***

Herbert schreckte auf, als er seinen Namen rufen hörte. Er hatte auf seinem Fahrersitz die Mittagspause weggedöst.

Sein Kollege Paul lehnte sich durch das geöffnete Fenster der Fahrertür. Paul meinte es gut mit Herbert, ja, ja! Aber irgendwie nervte Herbert seine bevormundende Art. Er hatte keine Lust auf eine Unterhaltung.

„Tach Herbert. Hast du Lust mit zu Tonys zu gehen? Ich treffe mich mit den Kollegen. Rita ist auch da..."

Rita! Herbert wünschte nur, dass Paul seinen Mund halten würde. Wie oft schon hatte er verflucht, dass er in einer schwachen Minute Paul von seiner Kollegin Rita erzählt hatte oder vielmehr über seine Gefühle ihr gegenüber. Nicht über Rita, natürlich nicht. Was hätte er da auch berichten können, was die Kollegen nicht alle selber wussten. Er hatte keine weiteren Kontakte zu Rita. Sie beachtete ihn nicht weiter und darüber war Herbert letztlich froh. Was hätte sie in ihm auch sehen sollen, das ihn für sie interessant gemacht hätte? Da gab es nichts und Herbert wollte sie auch gar nicht in die Verlegenheit bringen, von seiner ärmlichen Existenz und – Gott behüte – von seiner heimlichen Liebe Notiz nehmen zu müssen. Letztlich war sie für ihn genauso unerreichbar wie Angelina Jolie auf ihrem Plakat. Eigentlich war ihm Angelina als Traumgestalt sogar lieber, da er ihr wohl nie begegnen würde und somit die Gefahr, dass sich der fiktive Traum in einen sehr realen Alptraum verwandeln könnte, sehr viel geringer war.

„Na komm schon."

„Es ist sinnlos. Es ist ihr doch egal, ob ich da bin oder nicht."

„Du kriegst ja das Maul nicht auf. Sprich sie an, lad' sie zu einem Kaffee ein, was weiß ich. Was ist daran so schwer?"

Herbert fühlte sich zu kraftlos, um Pauls Drängen nachhaltigen Widerstand entgegenzusetzen. Paul hatte ihn unversehens ins Schlepptau genommen und so fand er sich wenige Minuten später inmitten der Runde seiner Kollegen wieder, die sich zu Fritten und Currywurst um die speckige Theke von Tonys Imbiss geschart hatten, darunter auch Rita, eine gut erhaltene, blondierte Mittvierzigerin, die einzige Frau in der Männergesellschaft. Rita hatte ihre Berührungsängste, wenn sie solche jemals gehabt hatte, schnell abgelegt und stand in der Runde ihren Mann. Hebert bewunderte ihre Tat-und Entschlusskraft, ihren Pragmatismus, die Gradlinigkeit mit der sie durchs Leben ging. Der Unterhaltung folgte er nur sporadisch. Die Geschwindigkeitsbegrenzungen auf den Highways in den USA interessierten ihn nicht. Er beobachtete heimlich Rita.

„Mein Ex und ich, wir haben `ne Tour durch die Staaten gemacht und wir haben mit den Cops voll Stress gekriegt, weil wir zu schnell gefahren sind."

In Ritas Leben hatte es schon einige Männer gegeben. So konnte man nie genau sagen, welcher Ex gerade gemeint war. Herbert versuchte, sich mit dem Gedanken zu trösten, dass Rita wohl niemals Geschichten über ihn als „Ex" zum Besten geben würde.

„Bist du gefahren oder dein Freund?"

„Ich! Günter doch nicht! Der Langweiler. Der wär auch mit Dreißig durch die Landschaft geschlichen, wenn's dafür `nen Paragraphen gegeben hätte! Der Mann war eine Katastrophe, ängstlich wie ein Karnickel. Hat sich immer schön an meinen Rockzipfel geklammert."

Wie gut, dass sie den Namen Günter erwähnte. Trotzdem ließ Herbert der Verdacht nicht los, Rita rede über ihn. Herbert war froh, als Kollege Max Ritas Redefluss unterbrach und eine Geschichte erzählte, die ihn unwillkürlich aufhorchen ließ.

„Ich hab neulich im Fernsehen ein Interview mit Phil Clune gesehen. Der war in Deutschland und hat sich nicht getraut Hundertzwanzig zu fahren."

„Da fährt meine Oma ja schneller."

„Die Amis sind halt nix gewöhnt."

„Wann war denn der Clune in Deutschland?"

Es gab viele Fragen in Herberts Leben, aber nur wenige, auf die er eine Antwort wusste. Diese war so eine und Herbert konnte es sich nicht nehmen lassen, wenigstens einmal einen Beitrag zur Unterhaltung beizusteuern. Natürlich wusste er zu welcher Gelegenheit Clune in Deutschland war. Phil Clune! Ein Gigant und doch so menschlich. Herbert liebte seine Filme, Filme in denen Clune den kleinen, unscheinbaren und durchschnittlichen Mann zu ungeahnter Größe auflaufen ließ. Auch wenn er die Terminators, Robocops und Captain Kirks bewunderte, die Figuren, die Clune verkörperte, waren ihm näher und weckten für wenige Minuten im verdunkelten Kinosaal die Illusion, dass auch in ihm ein verborgenes Potenzial schlummern könnte.

„Letztes Jahr. Da hat er den *Mount Borungo* Film gedreht. Toller Film übrigens."

Rita sah sich zu ihm um.

„Nie was von gehört."

Paul klopfte Herbert auf die Schulter:

„Herbert ist eben unser Kinospezialist."

Rita blickte unbeeindruckt in die Runde:

„Ich komm selten ins Kino. Meine Leute haben immer keine Lust. Und allein will ich auch nicht."

Herbert bereute es im gleichen Moment, sich aus dem Fenster gelehnt zu haben. Die allgemeine Aufmerksamkeit richtete sich nun auf ihn und dann noch Paul, der es sich nicht nehmen ließ, ihn verschwörerisch auf die Schulter zu klopfen.

„Hey Herbert, du wolltest doch heute Abend ins Kino. Nimm doch mal die Rita mit. Da lernt die noch was."

Paul lehnte sich zu Rita hinüber.

„Herbert nimmt dich gern ins Kino mit. Stimmt doch?"

Paul blickte Herbert augenzwinkernd an. Die Frage hätte Herbert mit einem leidenschaftlichen „Ja" wie mit einem ebenso leidenschaftlichen „Nein" beantworten können. Angesichts seiner inneren Zerrissenheit vermochte er nur noch stumm zu nicken. Paul wandte sich wieder Rita zu.

„Na, wie wär's? Haste heute Abend Zeit?"

„Klar!"

***

Harry schlenderte über den Hamburger Rathausmarkt und wusste so recht noch nichts mit seiner neuen Freiheit anzufangen. Irgendeine Idee würde ihm schon kommen, irgendeine Gelegenheit bot sich immer. Er hatte jedenfalls nicht die Absicht, seine Tage eingepfercht in den eigenen vier Wänden zu verbringen. In seiner Hand hielt er weiterhin seinen Aktenkoffer. Nicht dass er die darin enthaltenen Dinge wirklich brauchte. Der Aktenkoffer schien den Leuten besonderen Respekt abzunötigen. Seitdem Harry um diesen Zusammenhang wusste, ging er nie mehr ohne ihn auf die Straße. Er gefiel sich in der Aura von Bedeutung, die ihm sein Koffer verlieh.

Auf dem Platz präsentierten sich diverse gemeinnützige Vereine mit Informationsständen, die in einem großen Rund angeordnet waren. Harry warf einen flüchtigen Blick auf den Stand vom Deutschen Roten Kreuz und ging daran vorbei aus dem Rund. Hinter den Ständen, von der Sicht der Besucher und Standmitarbeiter abgeschirmt, türmten sich leere Pakete und allerlei Krimskrams. Eine DRK-Uniformjacke war achtlos über einige Getränkekisten geworfen worden. Entschlossen und ohne den Versuch zu machen, seine Handlung zu verbergen, ging Harry auf die Kisten zu, nahm die Jacke und schulterte sie lässig. Er trottete weiter unschlüssig auf die U-Bahn Station zu, als er sich plötzlich in einer Horde HSV Fans wiederfand, die auf dem Weg ins Stadion waren. Das war die Idee, er war schon ewig nicht mehr im Stadion gewesen! Er hatte zwar zunächst keine Ahnung, wie er an ein Ticket herankommen sollte, aber es würde sich schon ein Weg finden. Es gab immer einen Weg! Er klemmte sich die Jacke unter den Arm und ließ sich willig mit den Schlachtenbummlern mittreiben, die es in den nächsten U-Bahn Schacht hinunterspülte.

Getragen von einer Woge der Begeisterung fand er sich vor der Einlasskontrolle wieder. Das Spiel war ein Knaller, der Gegner Dortmund und selbstverständlich waren keine Karten mehr zu haben. Doch Harry hatte einen Plan. In der Ferne hatte er ein paar Sanitäter beobachtet, die ihren Dienst im Stadion antraten. Harry zog die DRK Jacke über und drängelte sich, seinen Aktenkoffer entschlossen an sich pressend, an der Reihe der Wartenden vorbei. Das Entscheidende dabei war, nur keinen Zweifel an seiner Rolle aufkommen zu lassen.

„Ein Notfall. Bitte entschuldigen Sie, es ist dringend. Verdacht auf Herzinfarkt. Bitte lassen Sie mich durch. Die Mitteilung kam grad über die Leitstelle."

Die Wartenden und auch die Kontrolle winkten Harry schnell durch. Er suchte sich einen Gang und setzte sich erwartungsvoll auf die Treppe.

Er musste nicht lange auf den Anpfiff warten. Ein erster Angriff des HSVs brachte die Zuschauer von den Bänken und in Stimmung. Harry ließ sich nur zu bereitwillig von der allgemeinen Euphorie mitreißen. Ein roter Klecks in einem weiß-blauen Fahnenmeer. Ein paar Reihen entfernt nutzte Mert P., ein Drogendealer mit schwarzer Lederjacke und Migrationshintergrund, die Ablenkung und wickelte mit einem Kunden ein Geschäft ab. Seine weibliche Begleitung, die sich aus seiner Produktpalette offenbar bereits bedient hatte, kämpfte mit den Nachwirkungen und krümmte sich vor Übelkeit. Die Versuche, ihren Freund für ihr Schicksal zu interessieren, zeitigten nur mäßigen Erfolg.

„Ey, Alte quatsch mich nicht an. Hier gibt's doch Ärzte. Lass dir `ne Pille geben."

Die so angesprochene orientalische Schönheit erhob sich schwerfällig und sah sich um. Nicht weit von ihrem Sitzplatz entfernt entdeckte sie Harry. Sie schleppte sich mühsam auf ihn zu.

„Mir geht's beschissen."

Harry brauchte eine Weile, bis er begriff, dass die junge Frau, die plötzlich vor ihm aufgetaucht war und ihr Leid klagte, offensichtlich eine Reaktion von ihm erwartete. Er hatte vergessen, die DRK-Jacke auszuziehen. Was aber auch nicht so schlimm war. Er würde die Rolle eben noch eine Weile weiterspielen müssen. Er blickte die Frau prüfend an. Die erste Diagnose, die er zweifelsfrei stellen konnte, war, dass die dunkelhaarige Frau verdammt gut aussah.

„Dann legen Sie sich erst einmal hin."

Unter ihren kritischen Augen breitete Harry seine Jacke über ein paar Treppenstufen im Gang aus. Seine Patientin legte sich zögerlich, begleitet von den „Olé, olé" Gesängen der Fans, auf die Treppenstufen. Harry wusste, dass er nur mit genügend Autorität auftreten musste. Dann würde er nicht nur diese Klippe umfahren, sondern auch einen gewissen Lustgewinn aus der Situation ziehen können. Dafür hatte er ein Händchen. Er nahm das Handgelenk der Frau und fühlte mit kritischem Stirnrunzeln den Puls.

„Klarer Fall von Sauerstoffmangel."

Er kniete sich zu ihr auf den Boden und fing etwas an, was von Ferne betrachtet wie eine Mund-zu-Mund Beatmung aussah. Der anfängliche Unglaube der Patientin wandelte sich in immer heftigeren Widerstand. Aber Harry wusste, dass er keinen Zweifel an seiner Kompetenz aufkommen lassen durfte und drückte die Frau mit sanfter Gewalt nach unten. Plötzlich hörte er aus nicht allzu großer Entfernung eine Stimme, deren Charakter sich von den übrigen Fanrufen deutlich absetzte.

„Ey, du Wichser! Finger weg!"

Harrys Behandlungsmethode hatte nicht nur ungeahntes Leben in die Patientin, sondern auch in ihre Begleitung gebracht. Harry ließ von der Frau ab, um sich umzusehen und sah sich kein Dutzend Stufen von Mert entfernt, der vorsorglich schon einmal einen Schlagring überstreifte. Harry spürte sofort, dass sich hier argumentativ nichts mehr ausrichten ließ. Er schnappte schnell seinen Aktenkoffer und drängelte sich durch die protestierenden Fans in Richtung Ausgang. Unter großer Kraftanstrengung gelang es ihm, den Verfolger abzuschütteln und durch den Einlass zu flüchten. Die Zeit auf der Station hatte seine Kondition deutlich geschwächt. Er lehnte sich an einen Pfeiler, um wieder zu Atem zu kommen. Nicht weit entfernt sah er zwei Polizisten, die vor dem Gebäude patrouillierten. Noch nie hatte er sich so über den Anblick eines Polizisten gefreut. Als Mert atemlos im Eingangsbereich erschien, hatte Harry die Beamten bereits in ein Gespräch über Einbruchsicherungen verwickelt. Harry blickte sich kurz um - genügend Zeit für den gekränkten Lederjackenträger, ihm in ohnmächtiger Wut mit der schlagringbewehrten Faust zu drohen.

***

„Unser Korrespondent in Los Angeles hatte nach der Filmpremiere die Möglichkeit, Clune für ein kurzes Interview zu gewinnen."

Herbert starrte gebannt auf seinen Laptopbildschirm. Er hatte den Fernsehbeitrag, über den die Kollegen gesprochen hatten, in der Mediathek des Senders gefunden. Der Reporter gratulierte Clune zu seinem neuen Film. Dann kam er auf die Figur zu sprechen, die Clune darin verkörperte.

„Wie haben Sie sich auf ihre Rolle als Rennfahrer vorbereitet?"

„Ich war als Kind schon fasziniert vom Motorsport und habe mit meinem Vater Rennen besucht."

„Fahren Sie selber gerne schnell?"

„In den Staaten werden Sie dazu kaum Gelegenheit haben."

„Dann kommen Sie doch mal zu uns nach Deutschland!"

Clune lachte. „Ja, ja, ich weiß - die Autobahn. Die unbegrenzte Freiheit! Ich war übrigens erst letztes Jahr in Deutschland. Aber - Sie werden lachen. Erst wollte ich unbedingt selber Auto fahren, doch dann bin ich auf der Autobahn bei hundertzwanzig Stundenkilometern nervös geworden. Das war mir zu stressig."

„Das kann man sich kaum vorstellen, wenn man Sie eben im Film erlebt hat."

„Jedenfalls habe ich mich später nur noch von einem deutschen Chauffeur fahren lassen."

Herberts Augen weiteten sich unwillkürlich.

„Die Produktionsfirma hat einen Fahrer engagiert, der sich offensichtlich auf meine Landsleute spezialisiert hat. Letztes Jahr hat er den Kollegen Hanks gefahren. Wenn Sie wissen wollen, wie wir uns auf eurer Autobahn fühlen, hören Sie sich das Interview mit Tom in der Late Show an."

***

Mit der Freiheit der Straße war es im Hamburger Feierabendverkehr nicht weit her. Harry trottete lustlos entlang der verstopften Verkehrsadern, vorbei an tristen Dönerbuden, Ein-Euro Shops und asiatischen Lebensmittelläden. Er wollte noch nicht nach Hause. Irgendwie hatte er nach der Schlappe im Stadion das Gefühl, dass der Tag ihm noch eine Vergnügung schuldig geblieben war. Inmitten des

Stillstands auf der Fahrbahn kam plötzlich Leben. Ein schwarzes Motorrad schlängelte sich mehr oder minder verkehrsregelkonform durch die Blechwüste und schloss zu Harry auf. Mert hob sein Visier, funkelte Harry giftig an und schüttelte ihm die Faust ins Gesicht. Harry wich schnell hinter eine Bushaltestelle aus.

„Dich krieg ich noch und dann mach ich dich alle, du Flachwichser. Wenn du überleben willst, dann hau bloß ab!"

Der Lederjackenmann ließ den Motor gemein aufheulen und preschte auf dem Fahrradweg an den Autos vorbei. Harry begann die Angelegenheit nachhaltig zu ärgern. In der Ferne sah er den Hauptbahnhof. Er könnte vielleicht tatsächlich verreisen und sich damit aus der Schusslinie bringen, allerdings hatte er nur wenig Geld und nicht die geringste Ahnung, wohin die Reise gehen sollte. Er stürzte sich erst einmal in das Treiben im Bahnhofsgebäude. Die vielen Menschen, das geschäftige Wuseln vor den Geschäften und auf den Bahnsteigen beruhigten ihn zunächst. Bis er die schwarze Lederjacke wiedersah. Schnell wechselte er die Richtung und wollte den Bahnhof auf der anderen Seite verlassen. Da sah er erneut einen Mann in schwarzer Lederjacke vor sich. Wer der echte Lederjackenmann war, ließ sich so schnell nicht ermitteln. Harry wollte kein Risiko eingehen und rettete sich auf die nächste Rolltreppe zu den Bahnsteigen. Neben ihm fuhr ein Zug ein. Er kämpfte sich durch die ein- und aussteigenden Fahrgäste am Bahngleis entlang und wollte mit der Rolltreppe auf der anderen Seite wieder hochfahren, als er auch dort einen Mann in schwarzer Lederjacke erblickte, der die Rolltreppe betrat und auf ihn zukam. Harry bereute bitter, seine Brille aus Eitelkeit zu Hause gelassen zu haben. Er blieb stehen, blickte hinter sich und sah einen der Lederjackenmänner auf der Galerie die Bahnsteige überblicken. Harry bekam zum ersten Mal seit langem wieder Panik. Die Reisenden stiegen neben ihm in den Zug. Für Harry schien es der einzige Ausweg: Er mischte sich unter die letzten zusteigenden Fahrgäste und stieg in den ICE.

Nachdem Harry an der Zuganzeige festgestellt hatte, dass die unfreiwillige Reise nach Berlin ging, suchte er sich einen freien Platz. Er hatte es sich gerade am Fenster bequem gemacht, als ihm weiteres Ungemach in Form eines Schaffners drohte, der gerade das Abteil betreten hatte.. Harry hatte nur wenig Geld eingesteckt. Er hatte nicht vor, die knappen Bargeldreserven direkt aufzubrauchen: Kurzentschlossen kramte er das gestohlene Klemmbrett mit seinem Anamnesebogen aus seinem Aktenkoffer und wich damit ins nächste Abteil aus. Er blieb an der ersten Sitzreihe stehen und zückte mit professioneller Routine einen Stift aus seiner Jacke.

„Im Namen der Deutschen Bahn führen wir eine Befragung zum Thema Kundenzufriedenheit durch. Würden Sie uns hierzu bitte einige Fragen beantworten?"

***

Herbert beeilte sich, aus dem Auto zu steigen. Der Umweg über seine Wohnung, das Umziehen und Aufhängen der nassen Klamotten, dann noch die Ablenkung durch das Interview hatten ihn aus seinem üblichen Trott gebracht. Mutti erwartete ihn um siebzehn Uhr dreißig. Nun war es kurz nach sechs! Er eilte vom Parkplatz der Seniorenwohnanlage zu der kleinen Wohnung seiner Mutter. Der Wohnanlage war ein Altersheim mit Psychiatrieabteilung speziell für demente Personen angegliedert. Bei fortschreitender Krankheit, so wusste Herbert, musste er Mutti verlegen lassen. Noch kam sie, dank seiner täglichen Besuche, in ihrer eigenen Wohnung zurecht. Herbert strich einen nicht unerheblichen Teil ihrer Rente ein, die bei einer Heimunterbringung komplett verloren wäre. Aber das war nicht der einzige Grund, sich für ihre Pflege zu engagieren.

Käthe Maletzke war kein einfacher Fall. Herbert fürchtete den Ärger, den ihr provozierendes Verhalten innerhalb der Heimgemeinschaft hervorrufen könnte. Nein, Mutti brauchte die Einzelhaltung, so viel stand fest. Er schloss die Haustür auf.

„Mutti, ich hab eingekauft. Mutti, wo bist du?"

Er blickte sich fragend in Küche und Flur um, als er einen kalten Windzug aus dem Wohnzimmer spürte. Die Balkontür stand schon wieder sperrangelweit auf. Käthe Maletzke saß, unzureichend bekleidet, mit einer Packung Kekse auf dem winzigen Balkon, kaute selbstvergessen und starrte geistesabwesend auf das Heim. Von Zeit zu Zeit hörte man Rufe der dementen Insassen. Käthe schien sie nicht zu hören oder sie hatte sich so daran gewöhnt, dass sie nichts mehr wahrnahm, doch Herbert fuhr bei jedem Schrei zusammen. Dass es Krankheiten gab, die den Menschen so der eigenen Kontrolle beraubten, verstörte ihn. Herbert nahm Käthe am Arm, schob sie gewaltsam zurück ins Wohnzimmer und schloss schnell die Balkontür.

„Komm sofort rein. Du erkältest dich doch Mutti."

Käthe befreite sich unwirsch aus seinem Griff. Sie war eine kleine, aber durchaus energische Person. Den Grad ihrer Demenz zu bestimmen war schwierig. Phasen, in denen sie geistesabwesend wirkte, wechselten sich unvermittelt mit Momenten ungeahnter Wachheit und erstaunlicher Initiative ab. Käthe ärgerte sich über Herberts Geringschätzung ihrer geistigen Fähigkeiten. Wenn er sie schon für senil hielt, dann spielte sie für ihn auch die Senile und zwar so, dass er gezwungen war, sie in allerlei Belangen zu bedienen. Herbert entdeckte eine angebrochene Kekspackung auf dem Balkon und holte sie schnell herein.

„Du sollst doch nicht so viel Süßes essen."

„Lass mich!"

„Ich mach dir jetzt ein vernünftiges Abendessen."

Herbert ging in die Küche, räumte Lebensmittel in die Schränke und begann, Toastbrote mit Leberwurst zu schmieren. Käthe setzte sich in offener Abwehrhaltung an den Esstisch. Herbert schnitt die Rinde vom Toastbrot ab und zerteilte das Brot sorgfältig in mundgerechte Stückchen. Er wusch einen Bund Petersilie und garnierte umständlich die Brotstücke mit jeweils einem Blättchen. Dann stellte er Käthe die Schnittchen vor die Nase. Käthe starrte das Leberwurstbrot mit unverhohlener Abneigung an. Dann rupfte sie die Petersilie von den Brotstückchen und warf sie auf den Fußboden. Herbert schnappte ihr das Brettchen weg und hielt ihr ein petersilienfreies Brotstück hin.

„Dann iss es eben so."

Herbert stellte das Brettchen wieder entnervt vor ihr ab und begann mühselig, die restlichen Petersilienblättchen abzusammeln.

„Ich will ein Stück Kuchen."

„Ich habe keinen Kuchen. Und die Cafeteria ist zu."

„Ich will ein Stück Kuchen!"

***

Harry stand im Mittelgang des Großraumabteils und ging seinen Anamnesebogen mit einer älteren Frau durch. Er hatte sich gerade zum Bereich ‚Halluzinationen' vorgearbeitet, als er von einer Durchsage unterbrochen wurde:

„Unser Speisewagen ist nun für Sie geöffnet und hält eine Reihe kalter und warmer Speisen für Sie bereit. Wir freuen uns auf Ihren Besuch."

Harry fuhr mit seiner Befragung fort.

„Hören Sie manchmal Stimmen?"

Die Frau blickte irritiert nach oben und nickte andächtig.

***

Die Situation in der Altenwohnung Käthe Maletzkes hatte sich, wie nicht zum ersten Mal, zugespitzt. Käthe hielt die Arme vor ihrem Körper verschränkt und warf Herbert vernichtende Blicke zu. Dieser war damit beschäftigt, alle Süßigkeiten in einem Schrank wegzuschließen.

„So, du bekommst erst wieder was Süßes, wenn du das Brot aufgegessen hast."

Käthe stierte bewegungslos auf die abgeschlossene Schranktür. Herbert lehnte sich betont lässig dagegen. Er wollte sie spüren lassen, dass er die Situation kontrollierte und den längeren Atem hatte. Aber Herbert war kein guter Schauspieler. Er konnte seine innere Anspannung nicht gut verbergen – und schlimmer noch, er wusste, dass seine Mutter ihn durchschaute. Und je länger Käthe unbewegt dasaß, desto schwerer fiel es Herbert, die Oberhand zu behalten. Käthe war eine sehr dominante Mutter gewesen. Als Verbündete konnte sie ihren Söhnen ein Fels in der Brandung sein, als Gegner war sie, insbesondere von Herbert, gefürchtet. Die wenigen Male, die er in Konflikt mit ihr geraten war, hatten ihn überzeugt, dass alles andere besser zu ertragen wäre, als ihr geballter Widerstand. Obgleich er längst erwachsen war, spürte er in diesen Momenten den Nachgeschmack des alten kindlichen Gefühlscocktails aus Ohnmacht, Furcht und Wut. Wann würde das endlich aufhören? Wann würde er endlich aufhören, der kleine Junge zu sein?

Käthe ließ ihr Opfer schmoren. Dann holte sie zum gezielten Gegenschlag aus und fegte mit einer weit ausholenden Handbewegung das Brettchen vom Tisch. Herbert fand sich inmitten eines Bombardements mundgerecht geschnittener Brotstückchen wieder, die kreuz und quer durch die Küche flogen. Hilflos und vor Wut zitternd stand er im Raum.

***

„Hatten Sie während eines Aufenthalts bei uns schon einmal Gewaltphantasien?"

Harry war zu einem älteren Ehepaar vorgedrungen. Der Schaffner war mittlerweile längst an ihm vorbeigeschlichen, ohne irgendwelche weiteren Fragen zu stellen. Harry hätte es damit auf sich beruhen lassen können. Doch er fand zunehmend Gefallen am Frage-und-Antwort-Spiel. Er kannte es gut. Nur diesmal waren die Rollen vertauscht. Er war derjenige, der die Fragen stellte und die anderen mussten sich entblößen. Und das taten sie, wie es schien, sogar recht gerne.

„Ja, den Bahnvorstand zwingen, im Hochsommer nur in Regionalzügen von Flensburg nach Rosenheim zu fahren."

Die Frau fügte den Ausführungen ihres Mannes genussvoll hinzu:

„Und zwar in überfüllten Abteils, in denen sich die Heizungen nicht abstellen und die Fenster nicht öffnen lassen."

Die alten Herrschaften lehnten sich mit großer Genugtuung zurück. Harry pfiff leise durch die Zähne.

„Huh, das ist aber brutal. Das hätte ich Ihnen gar nicht zugetraut."

Die Frau lächelte.

„Warum? Glauben Sie mir, auch alte Leute können brutal sein!"

***

Herbert hatte sich in sein Auto gerettet und verharrte zunächst wie betäubt auf dem Fahrersitz. Dann ließ er in einer Mischung aus Erschöpfung und Wut theatralisch den Kopf auf das Lenkrad fallen. Die dabei unversehens ausgelöste Hupe schallte durch den Gebäudekomplex des Heimes bis in Käthes Wohnzimmer. Doch Käthe nahm nichts wahr. Sie steuerte gezielt auf ihre Fensterbank zu, hob ihren mickrigen Gummibaum aus seinem Übertopf und fischte daraus einen Schrankschlüssel. Sie kehrte zurück in die Küche, schloss den Schrank mit den Süßigkeiten auf und bediente sich ausgiebig an Keksen und Schokolade.

Herbert zuckte nach der unbeabsichtigt lauten Manifestation seiner Verzweiflung zusammen. Er war kein Mann der großen Gefühle und Gesten. Und wenn er sich doch darin versuchte, machte er sich nur lächerlich. So wie mit dieser verdammten Hupe. Peinlich berührt fuhr er schnell los, um nur nicht gesehen zu werden. Weiter, weiter! Das Leben gönnte ihm keine Verschnaufpause und vielleicht war es auch besser so. Wenn Herbert Auto fuhr, hatte er wenigstens die Illusion von Bewegung und das Gefühl ein Ziel anzusteuern, auch wenn er den Fahrersitz nie verließ und die Ziele, die er ansteuerte, in der Regel nicht die seinen waren.

***

Harry fühlte sich in einer fremden Großstadt gestrandet, die sich in ihrem alltäglichen, staubigen Gesicht letztlich nicht sehr von Hamburg unterschied. Gammelige Imbissbuden, Telefonläden und Ein-Euro-Shops gab es schließlich auch hier. Der Bahnhof Zoo hatte den Endpunkt seiner neuen Karriere als Kundenbefrager bei der Deutschen Bahn markiert. Die wertvollen Erkenntnisse über das Unternehmen und seine Kunden hatten allerdings bald im Mülleimer am Bahnsteig ein unrühmliches Ende gefunden, immerhin vorschriftsgemäß in der Papier-Recycling-Tonne. Harry war unschlüssig am Kudamm herumgeschlendert und hatte sich zuletzt in eine der Seitenstraßen verloren, wo ihn der Hunger in eine Frittenbude getrieben hatte. Jetzt saß er am Fenster und beobachtete das Treiben vor der Tür. Politessen patrouillierten an den zugeparkten

Bürgersteigen und schrieben Strafzettel. Einer der Imbiss-gäste sprang auf und eilte zu seinem Auto. Harry konnte durch das Fenster nur stumm die Auseinandersetzung der Beiden verfolgen. Er war etwas nervös. Beim Bezahlen seiner Fritten hatte er festgestellt, dass er nur noch über gut zwanzig Euro verfügte. Harry stöberte in seinem Ak-tenkoffer auf der Suche nach vergessenem Geld oder we-nigstens nach einer Erleuchtung. Neben dem Klemmbrett bot der Koffer einer erstaunlichen Ansammlung sinnloser Papiere Raum. Neben Briefen, Prospekten, einem Notiz-block und Couponheften fand Harry noch ein halbvolles Heft mit Quittungsvordrucken, aber kein Geld. Es war wohl besser, Berlin auf die gleiche Art wieder zu verlassen, wie er es erreicht hatte, obgleich der Gedanke an den Le-derjackenmann die Heimat weiterhin diskreditierte. Harry erhob sich und ging erst einmal vor die Tür. Es war windig und die Strafzettel flatterten wie die weißen Schleifen einer großen Hochzeitsgesellschaft an den Windschutzscheiben der Autos. Harry beugte sich über einen dunkelblauen Golf. Er versuchte den flatternden Zettel zu lesen, doch das war unmöglich. Harry legte seinen Koffer auf der Kühler-haube ab und zog den Zettel unter der Windschutzscheibe hervor. Nachdem er nun wusste, dass der Fahrer des Wa-gens fünfzehn Euro ins Stadtsäckel zu entrichten hatte, klemmte er den Zettel sorgfältig wieder unter die Schei-benwischer. In diesem Moment eilte der besorgte Autobe-sitzer auf ihn zu.

„Entschuldigen Sie bitte. Ich bin auch gleich weg. Ich habe nur jemanden abgesetzt, bitte, können Sie nochmal ein Auge zudrücken?"

Harry wandte sich geschäftsmäßig an den Fragesteller.

„Da kann ich leider nichts mehr machen. Die Ord-nungswidrigkeit wurde schon im System verbucht."

Der Autofahrer schmollte unschlüssig. Harry kam eine Idee.

„Ich kann Ihnen dennoch ein Angebot machen. Sie haben bestimmt schon gehört, dass seit Anfang des Jahres Falschparker die Möglichkeit haben, beim Personal direkt ihr Verwarngeld zu entrichten. Da sich dabei der Verwaltungsaufwand erheblich reduziert, können wir die Preissenkung direkt an Sie weitergeben. Das heißt in Ihrem Fall, Sie können mir direkt zehn Euro bezahlen und sparen dadurch fünf Euro. Ich quittiere Ihnen selbstverständlich die Zahlung."

Der Autofahrer zückte sein Portemonnaie, während Harry geschäftig „zur Stornierung des Vorgangs" die Daten des Strafzettels abschrieb. Er kassierte das Geld und stellte umständlich eine Quittung aus, die er dem Fahrer in die Hand drückte.

„Das ist Ihre Quittung. Heben Sie sie gut auf für eventuelle Rückfragen."

„Kann ich denn hier wenigstens noch für ein Stündchen stehen bleiben?"

„Ich denke schon."

Harry zwinkerte ihm launig zu.

„Wir sind für heute mit dem Bezirk fertig. Da wird niemand mehr kommen."

Die nächste Stunde lauerte Harry unauffällig im Kielwasser der Politessen. Er beobachtete die falsch geparkten Autos und fingerte geschäftig an dem einen oder anderen Strafzettel herum, sobald sich ein Passant näherte. In der Tat erlaubte es ihm sein neues Geschäftsmodell, noch zwei weitere Parksünder abzukassieren, wodurch sich seine Barschaft immerhin auf fünfzig Euro erhöhte. Zufrieden lief er den Weg zurück, vorbei an der Imbissbude. Mittlerweile war es dunkel geworden und er musste bezüglich der Rückfahrt zu einem Entschluss kommen, solange noch Züge fuhren. Auf der anderen Straßenseite stand noch der blaue Golf. Ein zweiter Blick offenbarte nicht nur das Auto, sondern auch dessen Besitzer, der in eine lebhafte Diskussion mit einer der Politessen und zwei Polizeibeamten verwickelt war. Harry witterte Ungemach und versuchte, sich möglichst unauffällig auf die andere Straßenseite zu verdrücken, doch der Golffahrer hatte ihn bemerkt und zeigte auf ihn. Harry geriet ihn Panik und lief die Straße bis zum Kudamm hinunter. Die beiden Polizisten nahmen schnell die Verfolgung auf. Harry flüchtete durch die Menschentrauben. Eine rote Fußgängerampel machte seiner Flucht ein abruptes Ende. Panisch blickte er sich um und suchte schließlich Deckung hinter der Werbewand einer Bushaltestelle. Die Polizeibeamten hatten ihn zwar aus den Augen verloren, näherten sich jedoch schnell seinem Versteck. In seiner Verzweiflung überblickte Harry die Autos auf der Straße, die nun ebenfalls an der roten Ampel zum Stillstand gekommen war. Nicht weit von ihm hielt ein Taxi, das, soweit er sehen konnte, keine Gäste beförderte. Harry wusste, dass dies seine letzte Chance war, sprang auf das Taxi zu, riss die Wagentür auf und rettete sich in letzter Minute auf den Beifahrersitz. Die beiden Polizisten gingen an seinem Versteck vorbei.

Herbert war noch viel zu erschöpft, um sofort reagieren zu können. Er war gar nicht im Dienst, das Taxischild nicht erleuchtet. Was fiel den Leuten eigentlich ein!

„Herbert!"

Herbert blickte ungläubig zur Seite. Die Ampel sprang auf grün. Er musste seinen Blick wieder nach vorn richten.

„Mensch Herbert, das gibt's ja wohl nicht! Mann, was für ein Zufall."

Er war es tatsächlich. Herbert war nicht erfreut.

„Harry, was machst du denn hier?"

„Ich bin geschäftlich unterwegs."

Harry drückte seinen Aktenkoffer an sich.

„Mensch Herbert, lass dich anschauen. Siehst gut aus Junge!"

Herbert menschelte es deutlich zu viel.

„Bist du denn nicht mehr in der Klinik?"

Harry lehnte sich selbstzufrieden im Beifahrersitz zurück.

„Ah, wo denkst du hin. Da bin ich schon seit Ewigkeiten nicht mehr."

Herbert fuhr mit deutlich zu viel Schwung in die Kurve.

„So, seit Ewigkeiten..."

„Ja, Gottseidank, das hab ich lange hinter mir."

„Verstehe. Dir geht es also seit Ewigkeiten wieder gut."

Die Ampel war rot. Herbert hielt mit quietschenden Reifen. Er wandte sich das erste Mal zu Harry um.

„Und seit Ewigkeiten hältst du es offensichtlich nicht für nötig, dich einmal nach Mutti zu erkundigen, geschweige denn, sich um sie zu kümmern!"

Herbert geriet in Fahrt und fuhr seinem leise protestierenden Bruder über den Mund.

„Oder zur Abwechslung mal zu fragen, wie es mir geht. Weißt du überhaupt, was das ist, Demenz? Und was es bedeutet, so jemanden zu pflegen? Aber nein, der Herr hatte ja immer Besseres zu tun. Du bist schon immer abgehauen, wenn es unangenehm wurde!"

„Herbert, ich -"

„Herbert ist ja da, Herbert macht's ja. Verdammt! Ich konnte nie weglaufen!"

„Herbert! Ich hab dich angelogen."

Herbert fuhr schwungvoll an.

„Immer bin ich der Depp!"

„Herbert, hör mir zu! Ich hab dich angelogen. Es tut mir Leid. Ich bin nur auf Freigang – für zwei Wochen. Ich wollte dir nicht die Wahrheit sagen. Das ist alles nicht so einfach für mich."

Harry blickte verlegen zu Boden und spielte mit dem Griff seines Aktenkoffers.

Der Tag hatte es offenkundig nicht gut mit Herbert gemeint. Die Alte mit dem Rollator, der Regen, Mutti und nun Harry. Harry! Noch ein Pflegefall! Herbert war nur froh, dass Harry normalerweise in Hamburg weit genug entfernt war, um eine regelmäßige Betreuung durch ihn von vorn herein auszuschließen. Er hatte mit Mutti weiß Gott genug am Bein. Auch war sein Verhältnis zu seinem Bruder nicht gerade ungetrübt. Harry war schon immer der Liebling der Mutter gewesen und das, obwohl er sich weitaus mehr Verstöße gegen das elterliche Diktat erlaubt hatte als Herbert, der stets bemüht war, so zu funktionieren wie die Erwachsenen es von ihm verlangten. Harry war derjenige, der sturzbesoffen von den Partys nach Hause kam. Harry hatte Ärger mit der Polizei, weil er kiffte. Harry hatte bei einer heimlichen Spritztour den Wagen des Vaters zu Schrott gefahren. Obwohl bei solchen Gelegenheiten Muttis Donnerwetter folgte, spürte Herbert instinktiv, dass das Donnerwetter danach eine Art Pro-Forma-Akt darstellte. Heimlich sympathisierte seine Mutter mit Harrys sonnigem, genussorientiertem Gemüt. Und so ignorierte sie auch lange Zeit, dass sein Über-die-Stränge-Schlagen mit den Jahren immer krankhaftere Züge annahm. Immerhin hatte Käthe in ihren letzten wachen Tagen verfügt, dass Herbert im Alter für ihre Pflege verantwortlich sein würde und dafür auch entsprechende finanzielle Unterstützung erhalten sollte. Dafür war er nun wieder gut genug! Es war so typisch, die Zuneigung bekam Harry und Herbert die Verantwortung. Aber was blieb auch übrig, wenn Harrys Unzurechnungsfähigkeit medizinisch attestiert war.

„Und was willst du hier?"

„Ich werde verfolgt und musste fliehen. Kann ich ein paar Tage bei dir unterkommen?"

Herbert rollte mit den Augen.

„Du phantasierst doch wieder. Du solltest zurück in die Klinik."

„Du kannst mich doch nicht direkt wieder wegschicken. Da haben wir uns jahrelang nicht gesehen und ich komme einmal nach Berlin und lande, schwupp, in deinem Taxi. Das ist so unglaublich, ein Fingerzeig -"

„In meiner Wohnung ist kein Platz."

„Und ich möchte Mutti wiedersehen. Ich könnte doch bei ihr wohnen und sie versorgen. Dann kann ich dir endlich unter die Arme greifen. Ich finde das toll, wie du dich um Mutti kümmerst, ehrlich!"

„Das geht alles nicht so einfach. Ich muss erst mit der Heimleitung sprechen."

„Mach doch nicht alles so kompliziert. Für die kurze Zeit! Das muss doch keiner wissen."

„Ich will keinen Ärger."

„Ach, Quatsch, Ärger! Herbert, du bist so verkrampft wie eh und je. Entspann dich."

Da war es wieder! Mochten auch noch so viele Jahre seit ihren gemeinsamen Kindertagen vergangen sein, Herbert fühlte sich wieder mit aller Gewalt in die Rolle des Spielverderbers gedrängt. Während er noch angestrengt überlegte, wie er sich des Schattens seiner Kindheit entledigen konnte, der sich so unversehens auf seinem Beifahrersitz materialisiert hatte, fuhr er an einer Reihe Nachtclubs vorbei. Harry blickte sich interessiert um.

„Hey Herbert, weißt du was? Ich lad dich ein."

„Was?"

„Ich lad dich ein! Unser Treffen nach all den Jahren, Mensch Herbert! Das muss gefeiert werden."

Herbert war der Gedanke so fremd, dass er nur in der Lage war, ein unverständliches Grummeln hervorzubringen.

„Na komm schon. Jetzt habe ich mal Ausgang und wir sind zusammen. Hier, fahr auf den Parkplatz. Mensch Herbert, das wird ein Spaß."

***

In der Tiefgarage des Multiplex Kinos fuhr ein weiteres Taxi außer Dienst vor. Rita stieg aus und machte sich auf den Weg zur Kinokasse. Sie war, wie so oft, reichlich spät. Hektisch kramte sie in ihrer Handtasche nach dem Autoschlüssel, schloss im Gehen ab und eilte zum Aufgang. Herbert würde bestimmt schon auf sie warten. Herbert war ja in allem so ordentlich.

***

„Lass uns woanders hingehen, Harry. Der Laden ist viel zu teuer. Hast du überhaupt Geld?"

Herbert betrachtete verunsichert den Türsteher vor dem Edel-Nachtclub und die gutsituierten Herrschaften, die Gnade und Durchlass vor seinem strengen Auge fanden. Harry beobachtete aufmerksam die Gäste.

„Lass das mal meine Sorge sein."

Harry marschierte, seinen Aktenkoffer in der Hand, ruhig und unbeirrt auf den Türsteher zu. Herbert blieb in einigem Abstand, bereit im Notfall unauffällig das Weite zu suchen. Harry postierte sich neben dem Türsteher und blickte sich unauffällig nach allen Seiten um. Leise sprach er auf den Mann ein.

„Mein Kollege hier und ich suchen einen Mann um die Vierzig, circa eins fünfundachtzig, braune Haare, Brille, dunkler Kurzmantel. Haben Sie eine solche Person hier vorbeikommen sehen?"

Der Türsteher war von Harrys Auftritt offenbar beeindruckt. Wie durch Zufall entsprach die Beschreibung einem der Gäste, die kurz zuvor hereingekommen waren.

„Das kann schon sein."

„Dürften wir uns bei Ihnen kurz einmal umsehen? Ganz diskret?"

Der Türsteher nickte eingeschüchtert. Harry winkte Herbert kurz zu sich und ging zielstrebig ins Gebäude. Durch die Geste, die seine Zugehörigkeit verriet, gezwungen, dackelte Herbert mit wachsendem Unbehagen Harry hinterher. Unversehens fand er sich mit Harry an einem kleinen Tischchen im hinteren Bereich des Etablissements wieder. Auf der Bühne präsentierte eine luftig gekleidete Dame verschiedene Turnübungen an der Stange. Herbert, der noch nie zuvor in einem Nachtclub gewesen war, traute sich kaum, nach vorne zu blicken. Er fühlte sich beobachtet. Derweil hatte Harry geschäftsmäßig seinen Koffer im rechten Winkel auf die Tischplatte gelegt. Er öffnete knallend das Schnappschloss, kramte etwas in den Papieren und schloss den Koffer mit gewichtiger Miene, als sich ihnen ein Kellner näherte. Herbert schaute schuldbewusst zur Seite. Harry lehnte sich gelassen zurück.

„Haben die Herren einen Wunsch?"

„Kann ich bitte den Geschäftsführer sprechen?"

Herbert zuckte zusammen. Wie hatte er sich auch auf Harrys Angebot einlassen können? Offensichtlich war er immer noch nicht zurechnungsfähig, womöglich hatte er gar keinen Ausgang und war fortgelaufen, woher sollte Herbert das wissen? Herbert überschlug im Geiste alle möglichen Szenarien. Dabei überlief es ihn heiß und kalt. Harry hingegen erläuterte mit gelangweilter Routine:

„Es handelt sich um den unangekündigten Besuch des Gewerbeamts zur Kontrolle der Vergnügungs- und Spielstättenbetriebe. Das ist mein Kollege Maletzke. Er wird meinen Kontrollbezirk bald übernehmen. Ich arbeite ihn zurzeit ein."

Der Kellner war beeindruckt.

„Ich hol den Chef."

Während Herbert noch mühsam nach Luft rang, verschwand der Kellner bereits in Richtung Küche.

„Was zum Teufel...?"

„Entspann dich, Herbert. Alles wird gut. Vertrau mir."

Harry holte das vielseitig verwendbare Klemmbrett aus seinem Koffer. Herbert sah sich derweil hastig um und sondierte seine Fluchtmöglichkeiten. Doch da näherte sich schon der Kellner mit dem Geschäftsführer ihrem Tisch.

„Du brauchst gar nichts sagen. Ich mach das schon."

Herbert fühlte sich auch nicht in der geistigen Verfassung, etwas zur Konversation beizutragen und fügte sich wie betäubt in sein Schicksal. Der Geschäftsführer beugte sich mit professioneller Diskretion zu ihnen hinunter.

„Was kann ich für Sie tun?"

Harry stand auf.

„Mein Name ist Dr. Schroth vom Gewerbeaufsichtsamt. Wir führen heute turnusgemäß die gesetzliche Kontrolle der Vergnügungs- und Spielstättenbetriebe durch. Würden Sie uns bitte ihre Fluchtwege zeigen?"

Herbert folgte den Beiden mechanisch in einen Flur. Auf eines konnte sich Harry verlassen: Wenn er erstmal hier raus wäre, würde er ihm ein Ticket besorgen und ihn in den nächsten Zug nach Hamburg setzen oder ihn noch besser direkt bei der Polizei abliefern. Oder sollte er Harry einfach Harry sein lassen und bei der nächsten sich bietenden Möglichkeit aus dem Lokal verschwinden? Die Alternativen schwirrten in Herberts Kopf, so dass er der Unterhaltung kaum folgen konnte. Erst als Harry ihn direkt ansprach, horchte er auf:

„Also, für verstellte Fluchtwege und das Fehlen eines beleuchteten Fluchtplans sind normalerweise dreitausend Euro Bußgeld zu zahlen, aber du hast immer die Möglichkeit der Verwarnung - nur in ganz harten Fällen..."

Der Geschäftsführer begann pflichtschuldig, die Getränkekisten beiseite zu räumen.

„Ich kümmere mich persönlich darum. Sie können sich auf mich verlassen."

***

Nicht verlassen konnte sich Rita offensichtlich auf Herbert. Nach zwanzig Minuten Wartezeit und der Erkenntnis, dass sie noch nicht einmal eine Telefonnummer von dem Scheißkerl hatte, gab sie die Warterei auf. Unschlüssig überlegte sie, ob sie in ihre Stammkneipe gehen sollte. Doch da waren die Kollegen, die zum Teil um ihre Verabredung mit Herbert wussten. Sollte sie vor ihnen eingestehen, dass Herbert sie versetzt hatte? So etwas war ihr schließlich noch nie passiert und das bei diesem kleinkarierten Warmduscher. Vielleicht sollte sie doch einfach nach Hause und früh ins Bett gehen. Eines war jedoch klar: Dafür würde er zahlen!

***

„Das geht aufs Haus, versteht sich."

Harry und Herbert saßen wiederum an dem kleinen Tisch im Nachtclub. Der Geschäftsführer persönlich bewirtete sie mit exquisit belegten Kanapees und Sekt. Harry winkte geschäftsmäßig ab.

„Kein Alkohol. Wir sind im Dienst."

Der Geschäftsführer stellte die Gläser schnell zurück aufs Tablett.

„Selbstverständlich. Darf ich den Herren vielleicht einen Kaffee bringen?"

„Ein Kaffee wäre nicht schlecht. Wir haben heute noch vier Betriebe auf der Liste."

Der Geschäftsführer zog sich zurück. Harry knuffte den ungläubig auf die Kanapees starrenden Herbert in die Seite.

„Greif zu. Du bist eingeladen!"

**

Harry hatte es wieder einmal geschafft. Über den halbwegs glimpflichen Ausgang der Episode im Nachtclub war Herbert zwar erleichtert, dennoch hatte er seine Wut über Harrys Dreistigkeit und mehr noch darüber, dass er damit durchgekommen war, nicht unterdrücken können. Doch Harry verstand es geschickt, an Herberts Verantwortungsgefühl zu appellieren, so dass Herbert keine andere Möglichkeit sah, als ihn fürs Erste zu sich nach Hause zu nehmen. Harry beäugte Herberts Zimmer, das auf den ersten Blick Herberts große Leidenschaft offenbarte: Peinlich aufgeräumte Regale mit Filmbüchern und Filmmemorabilien, Pinnwände mit Autogrammkarten von US-Filmstars, die sich in preußischer Ordnung in Reih und Glied präsentierten. Unter den Filmmemorabilien fiel Harry besonders ein an zentraler Stelle positionierter Darth Vader Helm ins Auge. Herbert saß an seinem Laptop und folgte dem Link auf das Hanks-Interview bei YouTube, von dem Clune gesprochen hatte. So merkte er nicht, dass Harry im Begriff war, sein Heiligtum zu entweihen.

"Have you ever been to Germany, Dave?"

"I´ve been to Germany for a couple of times."

"Germany is a great place. I fell in love with Germany."

Kein geringerer als Tom Hanks äußerte diese Liebeserklärung. Herbert lauschte gebannt dem Interview aus der *Late Show*. Wenngleich er bei etwas kritischerem Nachdenken hätte zugeben müssen, dass diese Erklärung wohl eher ironisch gemeint war, überkam ihn dennoch ein warmes Gefühl des Stolzes und auch der Freude über diese Worte. Kein Ausländer dieser Welt liebte Deutschland. Warum auch? Was gab es denn, das Deutschland liebenswert machte? Die Franzosen hatten Raffinement, die Engländer ihren skurrilen Humor, die Mittelmeerländer die Leidenschaft. Aber Deutschland? Was hatte Deutschland zu bieten? Den Bierernst oder den Bierbauch? Dabei wollte

Deutschland gemocht werden! Es gab sich so viel Mühe. Man sprach Englisch, kochte italienisch, liebte französisch und wohnte schwedisch. Herbert fühlte sich an einen seiner Lieblingsfilme erinnert, *Zelig* von Woody Allen, über das menschliche Chamäleon, das sich seiner Umwelt psychisch wie physisch immer wieder anpasst. Auf die unter Hypnose gestellte Frage nach dem „Warum" der ständigen Verwandlungen hauchte die Figur Allens ein aus tiefster Seele kommendes „I want to be liked" ins Mikrofon. Wer wollte nicht gemocht werden? Deutschland wollte es und Herbert wollte es. Bei seinem Bemühen haftete Deutschland jedoch immer etwas Streberhaftes an. Und so war es kein Wunder das es, je mehr es sich bemühte, immer weiter vom Ziel abkam. Wie konnte man dem Dilemma entfliehen? Und da kommt Tom Hanks und erklärt, er hätte sich in Deutschland verliebt! Herbert lauschte voll tief empfundener Dankbarkeit seinen Worten.

Harry, der der Versuchung nicht widerstehen konnte, nutzte die Ablenkung durch das Interview, nahm den Helm von seinem kleinen Podest und setzte ihn sich auf. Es handelte sich offensichtlich nicht um ein billiges Karnevalsrequisit, sondern um eine dieser sündhaft teuren Repliken. Herbert hatte sie sich in den USA bestellt. Es war das erste Mal, dass er eine Bestellung im Ausland aufgegeben hatte. Entsprechend groß war sein Schrecken, als er auf dem Zollamt den Einfuhrzoll zu entrichten hatte. Noch schlimmer als der Verlust des Geldes war für Herbert jedoch, dass er das Paket vor den Augen der Zollbeamten hatte öffnen müssen. Er bevorzugte es, seinen Leidenschaften im Geheimen nachzugehen. Er hatte nach dieser Erfahrung von weiteren Käufen im Ausland Abstand genommen.

Harry testete die unheimliche Wirkung seiner Erscheinung am Garderobenspiegel im angrenzenden Flur, während sich im Hintergrund Hanks weiter in Fahrt redete:

„The only time I got scared was - No matter how fast you are driving in Germany, someone is driving faster than you. "

Harry wollte das Gesamtbild ergänzen und suchte nach passenden Requisiten. Er nahm Herberts Stockschirm aus dem Schirmständer und vollführte zu Hanks Worten ein kleines Luftgefecht.

„And when another car passes you, when you are driving as fast as physics allow, it does not pass you as iiiiiiiiiiiiaaaaaaaaaaahhhhh it passes you like this **AH** and a blur goes past you."

Harry illustrierte die Hanksche Lautmalerei, mit heftigen Schwertschlägen durch die Luft. Herbert wandte sich um. Unwillkürlich zuckte er zusammen, als er sich von Darth Vader mit seinem eigenen Schirm bedroht sah.

„Gib mir den Helm. Das ist kein Spielzeug."

Widerstrebend nahm Harry den Helm ab.

„Tolles Teil!"

Herbert nahm ihm den Helm aus der Hand und stellte ihn wieder sorgfältig an seinen Platz im Regal.

„Könntest du mir vielleicht noch ein paar Klamotten und eine Tasche für morgen leihen?"

Herbert stellte unwillig den Computer ab.

„Wozu? Wir haben gesagt für zwei Nächte."

„Ja, aber auch in der Zeit muss ich mal wechseln können. Was soll denn Mutti denken?"

Herbert trottete lustlos zu seinem Kleiderschrank. Während er Harry, der seine Filmsammlung untersuchte, immer im Blick behielt, kramte er eine Tasche hervor und packte wenige Kleidungsstücke hinein. Er beschränkte sich auf das Allernotwendigste. Es beschlich ihm das ungute Gefühl, dass er der Präsenz Harrys mit jedem Kleidungsstück, das er einpackte, mehr Dauerhaftigkeit verlieh. Er übergab seinem Bruder, der es sich auf seiner provisorisch ausgelegten Isomatte bequem gemacht hatte, die nahezu leere Reisetasche.

Am nächsten Morgen verließen Herbert und Harry die Wohnung. Beim Auto angekommen fiel Harry ein, dass er die Reisetasche vergessen hatte. Er bat Herbert um den Hausschlüssel und lief schnell zurück in die Wohnung. Als er wieder herauskam, hielt er die Tasche hinter seinem Rücken versteckt und stellte sie eilig in den Kofferraum. So leer wie am Vorabend sah sie bei näherer Betrachtung gar nicht mehr aus.

Herbert schloss die Wohnung seiner Mutter auf, in die Harry ihm neugierig folgte. Hinter seinem Rücken hielt er unauffällig die bauchige Reisetasche.

„Mutti! Hallo Mutti. Schau mal, wen ich mitgebracht habe!"

Käthe war noch im Nachthemd, als sie zum ersten Mal seit zehn Jahren in Harrys Blickfeld geriet. Im ersten Moment erschrak Harry. Er hatte sie als große, resolute Frau in Erinnerung, die Wert auf ihre korrekte Erscheinung legte. Das eingefallene, alte Muttchen vor ihm hatte nicht mehr viel mit dem Bild gemein.

„Mutti! Wie schön dich zu sehen!"

Harry überspielte seinen ersten Schock und geriet nach und nach wieder ins gewohnte Fahrwasser. Herbert stellte sich neben Käthe und brüllte ihr ins Ohr, da sie ihre Hörgeräte noch nicht eingesetzt hatte:

„Das ist Harry, unser Harry."

Harry umarmte Käthe, die die Umarmung ungerührt über sich ergehen ließ. Er trat zurück. Käthe sah ihn durchdringend an.

„Das ist nicht Harry. Der ist viel zu dick."

Für Käthe war die Sache damit erledigt. Sie trottete in die Küche, ohne ihre Söhne weiter zu beachten. Herbert eilte ihr hinterher:

„Harry wird ein paar Tage bei dir wohnen, Mutti. Er kümmert sich um dich, kauft ein -"

Käthe wandte sich unvermittelt zu Herbert um.

„Ist er ein Bettnässer?"

„Um Gottes willen, nein!"

„Dann ist es nicht Harry, Harry ist ein Bettnässer."

„Ach Mutti, das ist doch schon fünfzig Jahre her!"

Herbert ließ Käthe in der Küche zurück und führte Harry durch die Wohnung.

„Komm mit."

Käthe war sicherlich nicht mehr so gut zu Fuß, doch keinesfalls körperlich so eingeschränkt, dass es der ganzen Hightech-Produktpalette bedurft hätte, mit der der wohlmeinende Herbert die Altenwohnung ausgestattet hatte. Da gab es einen Fernsehsessel, der sich elektronisch in jede denkbare Position bringen ließ und das Bett, das ebenfalls über eine ferngesteuerte Motorik verfügte. Im Badezimmer demonstrierte Herbert Harry die Funktionen der Badewanne mit eingebautem Lift. Auf einem Badeschemel lag eine Fernbedienung.

„Die Fernbedienung legst du immer auf den Hocker. Denk dran, sonst kommt Mutti nicht mehr aus der Wanne."

In der Küche zeigte Herbert Harry ein abgeschlossenes Schubfach, in dem eine Reihe sorgsam etikettierter Schlüssel lagerten.

„Das ist der für den Schrank mit den Süßigkeiten, der für die Messerschublade, der für die Balkontür und der fürs Apothekerschränkchen."

Herbert schloss die Schublade wieder ab und überreichte Harry den Schlüssel.

„Denk bloß dran, alles wieder abzuschließen."

Harry steckte den Schlüssel nachlässig in seine Hosentasche. Sie gingen ins Wohnzimmer, wo Käthe mit defensiv verschränkten Armen vor ihrem Gummibaum stand und die Beiden argwöhnisch betrachtete.

„Ich hoffe, ich habe dir jetzt alles gezeigt."

„Keine Sorge Herbert. Wir machen das schon, nicht wahr, Mutti?"

Harry legte jovial den Arm um seine Mutter und versuchte, sie an sich zu ziehen. Käthe entwandte sich seinem Arm und ging auf Herbert zu.

„Der Mann ist krank. Du musst ihn zu Dr. Marthaler bringen."

„Wieso das denn?"

„Er glaubt, er wäre Harry."

„Mein Gott, Mutti, es IST Harry!"

„Du gehst am besten auch gleich zu Dr. Marthaler!"

„Ich gehe nirgendwohin. Ich muss jetzt zur Arbeit."

Herberts Taxi fuhr auf seinen Stammplatz vor dem Multiplex-Kino. Vor ihm stand bereits ein anderes Taxi und wartete. Es war ungewöhnlich - normalerweise stand an dieser Stelle nur er. Herbert, der in den letzten zwölf Stunden schon genug Aufregung durchlebt hatte, betrachtete diese neuerliche Abweichung von der Regel mit erhöhtem Misstrauen. Und dies nicht zu Unrecht. Herbert zuckte zusammen, als Rita aus dem Taxi stieg, zielstrebig auf ihn zusteuerte und direkt zur Sache kam:

„Was war denn gestern mit dir los? Ich hab verdammt lange auf dich gewartet."

So viele Worte hatte Rita noch nie an Herbert gerichtet. Er war überfahren und musste die Bedeutung erst einmal sortieren:

„Was?"

„Mein Gott, ich dachte, wir wollten zusammen ins Kino. Ich war jedenfalls da!"

Herbert traf die Erinnerung wie ein Blitzschlag. Es überlief ihn heiß und kalt.

„Ach du – oh Mann – ehrlich. Oh, mein Gott. Es tut mir Leid!"

„Mir auch!"

„Wahnsinnig, es tut mir wahnsinnig Leid, aber ich konnte nicht, konnte nicht – ganz und gar nicht -"

„Du hättest mich wenigstens anrufen können."

„Das ging nicht, ganz und gar nicht -"

Während Herbert Entschuldigungen vor sich hinmurmelte, arbeitete sein Kopf fieberhaft an einer glaubhaften Erklärung. Auf keinen Fall durfte er etwas vom Nachtclub erzählen. Seine letzten Stunden liefen wie ein Film vor seinem inneren Auge ab... wie ein Film... !

„Die Sache ist die... Weißt du, was mir gestern passiert ist?"

„Nein, aber du wirst es mir bestimmt gleich sagen."

„Ich musste raus nach Babelsberg zu den Studios und rat mal, wen ich da abgeholt habe."

„Was weiß ich?"

„Phil Clune!"

„Was?"

„Ja, Phil Clune ist in Deutschland zu Dreharbeiten und ich hab ihn ins Hotel gefahren. Es tut mir Leid, Rita, es kam so plötzlich - ich konnte da nicht absagen."

Rita hätte jedem anderen Kollegen an dieser Stelle den Vogel gezeigt. Verarschen konnte sie sich selber. Bei Herbert war das anders. Herbert, der alte Langweiler, der seine Pantoffeln im rechten Winkel zur Bettkante abstellte - Herbert hätte gar nicht die Phantasie, sich eine solche Geschichte auszudenken.

„Wir haben uns großartig verstanden. Echt! Ein toller Kerl, überhaupt nicht arrogant. Er hat über die Filmerei erzählt – über die ganzen Kollegen und so."

Rita öffnete die Beifahrertür und setzte sich zu Herbert in den Wagen. Beflügelt von Ritas Interesse fabulierte Herbert weiter:

„Und das Beste: Ich darf ihn in den nächsten Tagen auch zu den Drehorten fahren. Was sagst du dazu? Und außerdem hat er gesagt, wenn sie im Film einen Fahrer bräuchten, würde ich die Rolle bekommen."

Rita hörte ihm mit immer größer werdenden Augen zu.

„Herbert? Wenn du ihn noch so oft fährst, kannst du ihn mir nicht mal für eine Tour überlassen?"

Schlagartig realisierte Herbert, dass er es mit seiner Geschichte zu weit getrieben hatte. Er hatte es Harry gleichtun wollen. Aber was bei Harry scheinbar mühelos funktionierte, brachte ihn nur in immer größere Schwierigkeiten. Er hätte es wissen müssen. Er versuchte zurück zu rudern und winkte ab. Rita griff schnell nach seinem Arm und sah ihn mit Rehaugen an. Herbert war durch die Berührung wie elektrisiert.

„Oh, bitte, Herbert! Nur einmal, du kannst ja noch so oft! Ich geh auch am Montag mit dir ins Kino."

„Ich weiß nicht -"

„Ach, tu mir doch den Gefallen. Sei ein Schatz!"

Sie strich ihn mit ihrer Hand über die Wange.

„Bitte, nur einmal!"

Herbert, der durch die ungewohnte körperliche Zuwendung nur noch zu stark eingeschränkten gedanklichen Leistungen fähig war, verlegte sich aufs Hinhalten.

„Ich frag mal."

„Du bist ein Schatz! Ich wusste es."

Rita beugte sich vor und gab Herbert voller Begeisterung einen Kuss auf die Wange. Sie öffnete schwungvoll die Fahrertür und rauschte winkend und Kusshändchen werfend zu ihrem Taxi. Sie hinterließ Herbert in Schockstarre.

**

„Wo liegt das Problem? Du willst bei der Frau landen und hast Eindruck auf sie gemacht. Hört sich doch alles gut an."

Harry genehmigte sich noch einen Schluck aus seiner Bierflasche. Er hatte die Füße an das Balkongitter gestemmt und wippte launig auf seinem Balkonstuhl. Neben ihm saß in ungewohnter Eintracht Käthe, die sich offensichtlich sanktionsfrei durch eine Packung Prinzenrolle mümmelte. Unter Harrys Stuhl sammelten sich schon einige leere Bierflaschen. Die Beiden schienen in bestem Einvernehmen ein schönes Lotterleben zu führen. Herbert war jedoch von seinem inneren Aufruhr zu sehr eingenommen, um Recht und Ordnung einzufordern.

„Verdammt! Wenn ich jetzt sage, dass es nicht geht, wird sie furchtbar enttäuscht sein."

„Dann sag halt, dass du etwas für sie arrangierst."

Herbert rollte mit den Augen. Warum redete er überhaupt mit Harry? Er hätte sich denken können, dass nichts Brauchbares dabei herauskommen würde. Schließlich war Harry ein Teil des Problems: Wäre er nicht hier aufgekreuzt, wäre ihm all das erspart geblieben.

„Und wie soll das gehen, du Schwachkopf?"

Harry merkte, dass er mehr Seriosität ausstrahlen musste. Er stellte die Bierflasche beiseite und brachte seinen Stuhl in eine aufrechte Position. Er erinnerte sich an so manche Sitzung bei Dr. Schroth. Er verschränkte die Hände und wandte sich Herbert mit professionellem Ernst zu:

„Pass auf, Herbert, du hast da ein Problem, mit dem du alleine nicht zu Recht kommst. Aber du kannst auf mich zählen. Ich bin jetzt da und ich werde dir helfen. Sag Rita, dass es klappt und ich steige zu ihr in den Wagen und mach ihr den Clune."

„Bist du wahnsinnig??"

Harry musste unwillkürlich grinsen.

„Das wird immer gern behauptet."

„Auf so einen Scheiß lass ich mich nicht ein!"

Harry stand auf und legte beruhigend einen Arm um Herbert.

„Die Rita hat den Clune doch noch nie richtig gesehen. Habe ich Recht? Ich habe Recht! Außerdem sieht sie kaum Filme, stimmt's? Na, also. Ich schmeiß mich ein bisschen in Schale, mach ihr ein paar nette Komplimente und dann fragt die nicht mehr lange. Glaub mir! Und selbst, wenn sie was merkt, kannst du immer noch sagen, dass du nicht wusstest, dass der Clune nicht echt ist."

Harry schob Herbert in Richtung Flur. Er nahm Herberts Jacke vom Kleiderhaken und half ihm fürsorglich hinein.

„Du gehst jetzt erst mal nach Hause und ruhst dich etwas aus, dann verabredest du mit Rita einen Termin. Alles andere kannst du mir überlassen."

Harry klopfte Herbert auf die Schulter und begleitete ihn mit sanftem Drängen zur Tür.

„Komm schon, Kopf hoch. Du hast nichts zu verlieren, aber alles zu gewinnen."

Harry komplementierte den in Gedanken versunkenen Herbert aus der Wohnungstür. Käthe beobachtete die Beiden aus dem Wohnzimmer. Nachdem Herbert aus dem Wege geräumt war, ging Harry zurück. Käthe sah in durchdringend an.

„Wer bist du?"

„Ich bin Darth Vader."

Käthe betrachtete ihn mit triumphierender Genugtuung.

„Ich wusste, dass du nicht Harry bist."

„Wollen wir noch ein bisschen fernsehen? Komm, Mutti, setz dich aufs Sofa."

Harry hatte ein Auge auf Käthes vollelektronischen Fernsehsessel geworfen und so drängte er seine sich sträubende Mutter auf das Sofa ab. Käthe wurde wütend. Noch nie hatte sie sich von ihrem Stammplatz verdrängen lassen. Doch Harry nutzte seine körperliche Überlegenheit und ließ ihr keine Chance.

„Mutti, der Platz hier ist viel besser für deinen Rücken."

Harry machte es sich auf dem Fernsehsessel bequem und stierte auf den Bildschirm.

„Wo ist denn die Fernbedienung?"

„In der Schublade."

Harry stand auf und öffnete die Couchtischschublade. Ratlos blickte er auf eine surreal anmutende Ansammlung von mindestens zwanzig unterschiedlichen Fernbedienungen.

„Welche ist es denn?"

Käthe erhob sich mühsam und schlurfte zur geöffneten Schublade. Sie witterte Morgenluft. Sie fischte gezielt eine Fernbedienung aus dem Haufen und reichte sie Harry.

„Danke."

Leichten Schrittes und mit einem Ausdruck grimmiger Entschlossenheit ging Käthe zurück zum Sofa.

„Der rote Knopf. Feste drücken!"

Harry hatte sich wieder auf dem Sessel niedergelassen. Schwungvoll richtete er die Fernbedienung wie eine Pistole auf den Fernseher und drückte ab. Im nächsten Moment klappten die Rücklehne des Sessels mit einem Schlag nach hinten und die Beinstütze nach oben. Harry, der vom plötzlichen Eigenleben seines Sitzmöbels überrascht war, verlor das Gleichgewicht und kippte seitlich halb aus dem Sessel. Bei dem Versuch sich aufzurichten rutschte er ab und knallte mit einem dumpfen Schlag mit dem Steißbein auf den Fußboden. Die Bildröhre blieb schwarz, doch Käthes Stimmung hellte sich auf.

Rita fuhr zum Eingang des Adlon vor. Sie checkte noch schnell im Spiegel ihre Frisur und trug etwas Lippenstift nach. Der Termin, den sie mir Herbert verabredet hatte, war sehr kurzfristig gewesen. Eigentlich hatte sie Herbert um einen späteren Termin gebeten, um sich möglichst noch einige Filme mit Clune ansehen zu können. Sie hatte ihn außerdem gebeten, ihr ein paar DVDs zu leihen. Aber dann hatte Herbert schnell zurückgerufen und gesagt, dass, nach Rücksprache, nur der Termin am nächsten Morgen zu realisieren wäre. Selbst mit dem Friseurbesuch zuvor hatte es fast nicht mehr geklappt. Rita hatte sich, dem Anlass entsprechend, in Schale geworfen. Ein nicht ganz knielanger Bleistiftrock und ein tief ausgeschnittenes T-Shirt sollten auf der Fahrt zur Kurzweil des Fahrgastes beitragen. Es waren seltene Momente wie dieser, an denen sich Rita ärgerte, nicht besser im Englischunterricht in der Schule aufgepasst zu haben. Aber irgendwie würde sie sich schon verständlich machen. Auf ihrer USA-Reise hatte das ja auch funktioniert. Da hatte sie es allerdings nur mit Verkäuferinnen, Motelpersonal und den Cops zu tun gehabt und nicht mit einem Phil Clune. Unvorhergesehene Nervosität machte sich breit.

Aus dem Hoteleingang trat ein gut gekleideter Mann mit Hut und Brille und kam zielstrebig auf ihr Taxi zu. Rita warf in aller Eile den offenen Lippenstift in das Ablagefach und stieg aus dem Wagen, um die Beifahrertür zu öffnen.

„Mr. Clune?"

Der so Angesprochene grinste und deutete lässig mit der Hand auf Rita.

„Yeah. And you're Rita. Your friend Herbert told me."

Harry stieg ein und ließ sich in den Sitz fallen. Rita stieg zu ihm in den Wagen und lächelte tapfer gegen die undurchdringliche Sonnenbrille und den ins Gesicht gezogenen Hut an. Eigentlich hatte sie etwas Originelles oder zumindest Nettes zur Begrüßung sagen wollen, doch zu ihrem großen Ärger fiel ihr vor Aufregung nichts ein.

„Where do you want to go?"

„Wie man sagt? Ich mochte zu Filmstudio Babelsberg."

Ganz umsonst schien der Klinikaufenthalt nicht gewesen zu sein. Zumindest in diesem Punkt besaß Harry genügend Selbsteinschätzung. Er wusste, dass seine Englischkenntnisse keinesfalls als die eines Muttersprachlers durchgehen würden. Und so verlegte er sich darauf, ein gebrochenes Deutsch zu sprechen, darauf vertrauend, dass sein Gegenüber vor lauter Erleichterung, nicht selber in der Fremdsprache radebrechen zu müssen, sein Sprachvermögen nicht weiter in Frage stellen würde.

„Oh wow! Sie sprechen Deutsch!"

Ritas Erleichterung war greifbar.

„Ein kleines bisschen."

„Oh nein, sie sprechen toll, ganz toll! Sind sie öfter in Deutschland?"

„Yeah, ich haben eine Tante in Dresden."

„Daher können sie so gut Deutsch!"

„Oh my dear, you`re sweet, aber ich kann nicht gut Deutsch, really. Aber vielleicht kannst du mich lernen?"

Harry hielt den Zeitpunkt für angebracht, seine Sonnenbrille abzunehmen und sich Rita mit einem selbstzufriedenen, herausfordernden Lächeln zuzuwenden.

„Aber natürlich, gerne Mr. Clune!"

„Not Mr. Clune! My friends just call me P. J."

„Pie Dschie!"

„That's it."

Rita startete schwungvoll den Motor. Das ließ sich ja fantastisch an!

„Dann wollen wir mal."

Der erste Berufsverkehr war abgeflaut und so kam Rita recht zügig durch den Stadtverkehr. Sie überlegte, über welche Baustellen sie einen kleinen Umweg nehmen konnte, um die Fahrt zu verlängern. Doch die Unterhaltung mit Harry forderte ihre ganze Aufmerksamkeit. Die Sonne schien schräg durch die Fenster und Harry setzte schnell die Sonnenbrille wieder auf. Rita nutzte jede Gelegenheit, einen näheren Blick auf ihren Fahrgast zu werfen. Irgendwie hatte sie ihn sich anders vorgestellt. Sie hatte es gestern Abend immerhin geschafft, sich Standfotos aus *Mount Borungo* anzusehen. Clune spielte dort mehrere Rollen und Rita war einigermaßen verblüfft, wie unterschiedlich er ausgesehen hatte. Aber irgendetwas passte nicht wirklich, war es der Mund, die Augen... Rita wünschte, er würde die Sonnenbrille noch einmal abnehmen. Sie bog auf die Auffahrt zur Stadtautobahn ein.

„Ich habe sie mir etwas anders vorgestellt. Ich meine auf den Fotos... "

Harry war heilfroh, dass Rita ihre Zweifel äußerte. Das gab ihm die Gelegenheit, diese direkt im Keim zu ersticken. Er lehnte sich betont lässig nach hinten und stützte seine Hand weltmännisch auf die Armlehne.

„Well, to tell the truth, ich gehen immer zu Maske bevor ich lassen machen publicity-photo. Und in der Maske ich anderes Aussehen bekomme. Damit ich in Offentlichkeit nicht immer werde erkannt."

Rita war einigermaßen erleichtert und befriedigt, dass sich das Rätsel so leicht lösen ließ.

„Ah, verstehe."

„You know, wenn du bist bekannt, alle sprechen dich an. Aber die Leute sind nicht alle so charming wie du. Da gibt es - wie sagt man? Freaks?"

„Bekloppte".

Auf der Überholspur schoss ein Audi mit deutlich mehr als hundertsiebzig Stundenkilometer an ihnen vorbei. Rita blickte ihm nach.

„Das war zum Beispiel einer."

Harry, der seit dem Abend vor Herberts Laptop für amerikanisches Geschwindigkeitsempfinden auf der Autobahn sensibilisiert war, griff das Thema bereitwillig auf.

„Wow, wie schnell fährt der?"

Rita zuckte mit den Achseln.

„Jedenfalls schneller als er darf."

Rita fiel blitzartig das Gespräch der Kollegen ein. Clune war damals von hundertzwanzig Stundenkilometern schon beeindruckt gewesen. Jetzt lag es in ihrer Hand, das Erlebnis zu toppen! Und alles, was es dazu brauchte, war ein wenig Bleifuß. Wie einfach war das denn? Sie würde ihm eine unvergessliche Fahrt bereiten, soviel stand fest! Sie schielte aus den Augenwinkeln zu Harry herüber und lächelte ihn gespielt schüchtern an.

„Möchtest du auch?"

Harry griff bereitwillig die Vieldeutigkeit der Frage auf und verzögerte lustvoll das Vorspiel zu seiner vorbehaltlosen Zustimmung.

„Ich mochte nichts tun, was ist verboten."

„Ach, halb so wild. Andere tun es auch."

Harry warf Rita einen vieldeutigen Blick über die Brillengläser zu.

„Du mochtest, dass wir tun verbotene Dinge?"

„Ich weiß genau, wo die Blitzer stehen. Vertrau mir!"

„Ich habe schone Frauen immer vertraut."

Rita ließ alle Schüchternheit fahren und grinste Harry herausfordernd an.

„You wanna have some fun?"

„You bet I do!"

„Dann halt dich fest."

Sie zog entschlossen den Wagen auf die linke Spur und trat das Gaspedal bis zum Anschlag durch. Harry hatte sein Ziel bereits erreicht, als der Wagen auf der linken Spur davonpreschte.

„Yeah baby, off we go!"

Während Rita und Harry sich dem Rausch der Geschwindigkeit hingaben, hatte Herbert am Stammtisch seiner Kollegen Mühe, sich auf die Unterhaltung zu konzentrieren. Er war auf das Schlimmste gefasst. Je länger er über die Unternehmung nachdachte, desto mehr Gründe fielen ihm dafür ein, dass sie zum Scheitern verurteilt war. Er hatte sich im Geist schon mehrere Ausreden zurechtgelegt, doch keine von ihnen, soviel war sicher, würde ernsthaft vor einer in Rage geratenen Rita bestehen können. Seiner Umgebung blieb sein Gemütszustand jedoch gänzlich verborgen. Die Stimmung war ausgelassen, die Abwesenheit von Frauen erlaubte zudem ein erweitertes Anekdotenrepertoire. Herbert, der bei diesen Zusammenkünften auch sonst eher den Stellenwert eines Requisits besaß, hockte unbeachtet in seiner Ecke. Doch das sollte sich bald ändern. Aus dem Augenwinkel sah Herbert das Schicksal mit schnellem Schritt nahen. Er überlegte, in letzter Sekunde noch schnell zur Herrentoilette zu flüchten, doch dafür reichte die Zeit nicht mehr. Instinktiv versuchte er, sich hinter Paul wenigstens außer Sichtweite zu bringen. Die Tür wurde aufgerissen.

„Tach, Jungs!"

Mit wehendem Mantel und erhitztem Gesicht sprengte Rita in die Runde. Die Männer musterten sie erstaunt.

„Also, ihr glaubt nicht, was ich heute erlebt habe. Ey, ich bin noch total geflasht!"

Ihre Augen wanderten suchend über die Runde und fanden schließlich Herbert. Sie bahnte sich entschlossen den Weg durch die Kollegen, umarmte den wehrlosen Herbert und küsste ihn mit Nachdruck auf die Wange.

„Herbert, du bist ein Schatz!"

Ein unweigerliches Geraune und Gepfeife ging durch die Reihen. Mit diesem Auftritt hatte keiner gerechnet, am wenigsten Herbert. Paul beugte sich grinsend zu ihm.

„Mensch, Herbert, was habt ihr euch bloß für'n Film angesehen?"

Max schmiss sich an Ritas Seite.

„Gehst du mit mir da auch mal rein?"

Rita griff sich eine Menükarte und schlug damit Max in gespielter Entrüstung auf den Kopf. Normalerweise hätte sie es sich nicht nehmen lassen, ihn mit einem bissigen Kommentar abzufertigen, doch die Euphorie über das soeben Erlebte und der Drang, alle Welt daran teilhaben zu lassen, war zu übermächtig.

„Ey, Leute, das war so geil: Ich hab' heute Phil Clune gefahren."

„Und ich den Papst."

„Ne, ehrlich! Hab ihn nach Babelsberg zu den Studios gebracht."

Die Männer, bis auf eine signifikante Ausnahme, lächelten sie mit mildem Spott an.

„Wenn ihr's mir nicht glaubt, fragt doch Herbert, der hat mir die Tour vermittelt."

Alle Augen richteten sich auf Herbert. Die Sache wurde ernst. Herbert hatte das Gefühl, in Treibsand geraten zu sein; je mehr er sich zu befreien bemühte, desto mehr versank er. Instinktiv versuchte er, die Situation nicht noch schlimmer werden zu lassen und verharrte reglos. Paul fasste die allgemeine Verwunderung in Worte.

„Ey, Herbert, wie kommst du denn dazu?"

Herbert starrte auf die Preisanzeigetafel über Tonys Theke, als würden die Zahlenreihen einen versteckten Hinweis enthalten, der ihm aus der Klemme helfen konnte. Wie sehr wünschte er sich in die dort postulierte Welt der einfachen Gewissheiten. „Was kostet eine kleine Pommes?" „Eins achtzig". So unbedrohlich, so beruhigend klar und eindeutig war das Leben für Tony, den Wirt. Warum verdammt nochmal nicht für ihn! Rita, die durchaus mit dem Phänomen männlicher Sprachlosigkeit vertraut war, half ihm jedoch bereitwillig aus.

„Das Filmstudio hat Herbert als Fahrer für Clune engagiert. Und heute hat er mich mal fahren lassen."

Max fasste ein letztes Mal nach.

„Ist das wahr?"

Herbert registrierte nur schwach, wie sein Kopf sich vorsichtig auf und ab bewegte. Damit schien die Frage der Glaubwürdigkeit für die Kollegen abschließend geklärt. Dennoch wollte Rita es sich nicht nehmen lassen, ihre letzte große Trumpfkarte auszuspielen.

„Na klar ist das wahr, ihr Dumpfbacken! Er hat mir ein dickes Trinkgeld gegeben. Und das hier."

Sie kramte in ihrer Handtasche und zog eine Autogrammkarte hervor, die sie triumphierend ihrem Publikum entgegenhielt. Herbert erkannte die Autogrammkarte augenblicklich als seine eigene wieder, trotz der Tatsache, dass sich zu Clunes Unterschrift nun ein weiterer Schriftzug hinzugesellt hatte: „For lovely Rita with thanks for a wonderful ride."

Herbert wanderte rastlos die Straße vor Tonys Imbiss auf und ab. Er war zu sehr mit der Frage beschäftigt, ob er Harry dafür hassen sollte, sich ungefragt an seinem Eigentum zu vergreifen oder ob er ihm nicht eher für diesen genialen Schachzug mit der Autogrammkarte dankbar sein sollte, der zum Gelingen des Plans nicht unwesentlich beigetragen hatte. Schnell war ihm jedoch klar, dass der Ärger überwog, denn wenn auch der Plan fürs erste aufgegangen sein mochte, so hatte Herbert das untrügliche Gefühl, dass das letzte Wort in der Angelegenheit noch nicht gesprochen war. Hatte er wirklich wieder festen Boden unter den Füßen? Wie zur Bestätigung überholte ihn Ritas Taxi und scherte vor ihm ein. Rita ließ das Beifahrerfenster herunter. Neben der Konsole hing die Autogrammkarte. Clune grinste ihn darauf mit einer Ironie an, die Herbert bislang noch nie aufgefallen war.

„Ach, Herbert. Wegen dem Kino - ich kann leider Montag gar nicht – tut mir Leid. Wir müssen das auf ein andermal verschieben."

„Ist schon gut."

Herbert war nahezu erleichtert. Ein Kinobesuch mit Rita war alles andere, als das, was er jetzt brauchte. Er hatte nur noch das Bedürfnis, allein zu sein, um seinen chaotischem Gefühlshaushalt erst einmal in Ordnung zu bringen.

„Im Moment läuft eh nichts Besonderes."

Herbert hoffte, die Unterhaltung hiermit beendet zu haben, als jedoch Rita aus dem Wagen ausstieg und sich ihm in den Weg stellte.

„Da ist noch was. Sag mal, kannst du mir nicht für nächste Woche noch eine Tour mit Clune organisieren? Ich bezahl dir das auch!"

Herbert wand sich und setzte an, wortreich auszuholen:

„Das ist doch nicht nötig, aber -"

Mehr Zustimmung brauchte Rita nicht. Sie umarmte Herbert kurzerhand.

„Herbert, du bist ein Schatz! Dank dir. Ich muss los. Wir telefonieren!"

Kusshändchen werfend verschwand Rita in ihrem Taxi und rauschte ab. Herbert hatte kaum Zeit, sich über die Folgen des soeben Gesagten klar zu werden, als ein Finger ihm auf die Schulter tippte. Kollege Max stand hinter ihm. Er hatte diskret abgewartet, bis Rita ihr Anliegen geschildert hatte und er an der Reihe war.

„Sag mal, Herbert, ich habe einen guten Freund, der würde echt was drum geben, mal eine Fahrt mit Clune zu machen. Der würde dir das auch bezahlen, wenn du das vermittelst. Zweihundert Euro wär dem das wert – mindestens."

**

Harry sprang in plötzlicher Begeisterung vom Stuhl.

„Na klar geht das! Mensch, Herbert, das ist doch die Idee!"

Herbert blickte verständnislos vom Küchentisch auf und stierte Harry an, der aufgeregt hin und her lief.

„Ich bin noch zwei Wochen hier – vielleicht auch noch länger. In der Zeit kannst du mindestens zwei Fahrten mit mir pro Tag vermitteln! Wir teilen uns die Kohle und -"

„Du glaubst doch nicht, dass ich das an die große Glocke hänge!"

„Das spricht sich von allein rum."

„Wie stellst du dir das vor? Irgendwann fliegt der Schwindel doch auf!"

„Du vermittelst halt nicht an jeden. Such dir die größten Idioten aus. Davon gibt's genug."

Harry zwinkerte ihm launig zu.

„Glaub mir, ich kenn mich da aus."

„Und was soll ich denen sagen, die möglicherweise keine Idioten sind?"

„Ganz einfach. Du nimmst alle Bestellungen erstmal entgegen und sagst, dass du nicht alle Wünsche berücksichtigen kannst, weil du zu viele Anfragen hast. Deswegen musstest du am Ende auslosen. Na ja, und dann haben halt nur die Dumpfbacken das große Los gezogen."

Harry hatte sich vor Herbert aufgebaut und strahlte ihn wie ein Zauberer nach gelungenem Kunststück an. Doch der erwartete Applaus blieb aus. Harry knuffte Herbert.

„Pass auf, wir fangen erst mal mit deinem Kollegen an. Vielleicht hat es sich ja damit auch schon. Lass es einfach auf dich zukommen. In zwei Wochen ist alles vorbei. Clune ist wieder in Amerika und wir haben unser Geld.

Wir können jederzeit aufhören. Es liegt allein in unserer Hand."

Herbert blickte unwillkürlich auf seine Hände. Spätestens seitdem Harry bei ihm war, hatte er das Gefühl, nichts mehr in der Hand zu haben.

Harrys Prophezeiung bewahrheitete sich umgehend. Am nächsten Tag wurde Harry von zwei weiteren Kollegen hinter vorgehaltener Hand angesprochen. Herbert, der sich durch Ritas Interesse genötigt fühlte, den Wahrheitsanspruch seiner Geschichte aufrecht zu erhalten, notierte säuberlich die Namen und Kontaktdaten der jeweiligen Interessenten. Hinzu kam Ritas erneute Anfrage. Harry ging am Abend die Kandidaten mit dem unwillig Auskunft gebenden Herbert durch. Nach zähem Ringen und der Versicherung, dass es bei einer einzigen Fahrt bleiben würde, gelang es Harry schließlich, Herbert dazu zu bewegen, den schlichtesten Geist unter den drei Kandidaten anzurufen, um ihm die frohe Botschaft zu verkünden, dass er sich für nur zweihundertfünfzig Euro einen Lebenstraum erfüllen konnte. Und so fuhr Herbert am nächsten Morgen, einige Zeit vor dem verabredeten Treffen, Harry zum Adlon. Harry zog ein Foto von Clune aus einem Umschlag. Er hatte Herbert zuvor gebeten, ihn bei einem Drogeriemarkt abzusetzen, um das Foto abziehen zu lassen, dass er aus dem Internet heruntergeladen hatte. Er signierte es auf dem Handschuhfach. Voller Genugtuung betrachtete er sein Werk.

„Perfect. Mochtest du auch haben ein card, Herbie-Boy?"

Grinsend hielt Harry Herbert die Karte vor die Nase.

„Nimm das Ding weg."

„Oh, sorry, ich habe vergessen zu schreiben eine schone Text for my very best friend Herbert."

„Hör endlich mit dem blöden Gequatsche auf! Mein Gott, wer soll da bloß drauf reinfallen!"

„Don't worry, old chap. Here you are."

Harry klemmte die seinem allerbesten Freund Herbert gewidmete Autogrammkarte an sein Armaturenbrett.

„Nimm das weg."

Herbert bog kurz vor seinem Ziel ein und steuerte die nächste Parkmöglichkeit an. Harry zog derweil ein zweites Foto aus der Fototasche und steckte es ein.

„Behalt sie lieber. Vielleicht finden es die anderen merkwürdig, wenn alle eine Autogrammkarte bekommen haben und du nicht."

Herberts Taxi stoppte.

„Mir egal."

Herbert brauchte etwas länger, um zu begreifen.

„Was soll das überhaupt heißen, alle?"

Harry stieg schwungvoll aus dem Taxi.

„Na, unsere Kunden. Wir sehen uns in Babelsberg."

Er stockte und griff sich in die Manteltasche.

„Halt, warte, die lass ich lieber bei dir."

Ohne eine Antwort abzuwarten warf er schnell den Fotoumschlag auf den Beifahrersitz und schmiss die Tür zu. Federnden Schrittes lief er dem Hoteleingang entgegen. Einem unwillkürlichen Fluchtimpuls folgend fuhr Herbert an, ohne auf den Verkehr zu achten. Ein aggressives Hupen ließ ihn aufschrecken und mit aller Macht auf die Bremse treten. Der Wagen kam ruckartig, aber noch rechtzeitig zum Stehen. Durch die Wucht war der Fotoumschlag vom Beifahrersitz gerutscht. Herbert angelte danach und bekam ihn nur halb zu fassen, so dass sich der Inhalt in den Fußraum ergoss. Angesichts des dreißigfach vervielfältigten, grinsenden Phil Clunes wurde Herbert klar, dass Harry noch viel vorhatte. Er begriff auch, dass Harry in Herberts Widerstand offensichtlich kein unüberwindbares Hindernis sah, dass ihn auf dem Weg zu seiner neuen

Karriere aufhalten könnte. Wütend setzte Herbert zurück in die Parklücke. Er stieg aus, öffnete die Beifahrertür und sammelte fluchend die Fotos wieder ein. Als er sie fein säuberlich zusammengelegt hatte, schaute er sich um. Er hatte das dringende Bedürfnis, die Fotos und noch vielmehr Harrys Pläne aus seinem Leben zu schaffen. Er machte sich zum nächsten Abfalleimer auf. Dort angekommen blickte er auf den Stapel Fotos in seinen Händen. Phil Clune sah ihn an. Herbert zögerte. Phil Clune im Mülleimer zwischen schmierigen Frittenresten, durchgekauten Kaugummis und Hundekotbeuteln? War Clune auf den Fotos nicht genauso real für ihn wie Angelina Jolie auf dem Filmplakat am Multiplex? Er hatte zu lange gezögert und nun brachte er es nicht über sich. Herbert ging zurück zum Auto. Er umfasste nahezu beschützend mit beiden Händen die Fotos, als wollte er sie vor einer großen Gefahr in Sicherheit bringen. Er wusste, dass er den Kampf verloren hatte.

***

Die Kunde vom ‚Rent-a-Clune‘-Angebot machte schnell die Runde. Schließlich lag für die Fahrer die Hauptattraktion der Fahrt darin, alle Welt an der Sensation teilhaben zu lassen, wenige Minuten Seite an Seite mit einem Weltstar verbracht zu haben. Als Beleg tat die selbstgebastelte Autogrammkarte nicht zu unterschätzende Dienste. Angesichts der Tatsache, dass auch die letzte Fahrt ohne böse Überraschungen blieb, schmolz Herberts Widerstand langsam dahin. Er fand sich von nun an in seinen Pausen im Mittelpunkt des allgemeinen Interesses. Anfänglich war ihm das unangenehm, doch nach einer Weile begann er, sich an die gesteigerte Aufmerksamkeit und vor allem den Respekt zu gewöhnen, den ihm plötzlich jedermann entgegenbrachte. Harry war geschäftstüchtig genug, die gestiegene Nachfrage in der Preisgestaltung ihren Niederschlag finden zu lassen und so lag nun der Tarif bei dreihundert Euro für eine Einzelbuchung.

„Kann ich meine beiden Freundinnen mitnehmen?"

„Ja, aber das kostet hundert Euro extra. Pro Person. Wenn es denn klappt. Der Andrang ist groß."

Herbert verwies auf die Schlange, die sich hinter den drei Frauen in Tonys Imbiss gebildet hatte.

„Wir bekommen aber drei Lose. Das ist sonst nicht gerecht."

„Ja, ich werde dafür sorgen. Der Nächste bitte."

Herbert notierte noch die Kontaktdaten der Damen, als der nächste Kandidat in sein Blickfeld trat und sich der Himmel vor seinen Augen verdunkelte. Er blickte auf einen Bierbauch im Motörhead-Shirt, ließ den Blick die tätowierten Arme entlang schweifen und in einem Gesicht landen, das großflächig durch Haarwuchs, Sonnenbrille und Stirnband verdeckt war. Herbert hatte Mühe, seine gerade erst gewonnene, geschäftsmäßige Routine zu wahren.

„Sie wollen -"

„Autofahren. Mit Phil."

Es schien, als hätten die Schallwellen Mühe, sich durch den Haardschungel hindurch zu kämpfen. Viel mehr als ein undefinierbarer Grunzlaut war nicht zu vernehmen.

„Haben Sie ein Taxi, oder sollen wir Ihnen eins stellen?"

„Ich fahr mit meinem Wagen."

„Einem Taxi?"

„Taxi, ja Taxi."

Die Haarmassen senkten und hoben sich rhythmisch. Begriffsstutzig genug schien er zu sein, um sich für eine Fahrt zu qualifizieren. Und außerdem keimte bei Herbert ein ungewohntes Gefühl der Schadenfreude bei dem Gedanken auf, Harry der Obhut dieses Fahrers zu überantworten. Vielleicht würde ihm dann ja für einen Moment der Spaß vergehen. Herbert kam nicht gegen das alte Neidgefühl an. Das ‚Rent-a-Clune' Geschäftsmodell bescherte Harry ein unverschämtes Maß an Spaß und ihm bestenfalls ein Magengeschwür. Vielleicht war das die Möglichkeit, den Spieß wenigstens einmal umzudrehen.

Neben Geld und Spaß für Harry warfen die Fahrten aber noch ganz andere erstaunliche Dinge ab. Am Abend traf Harry nach vier Hin- und Rückfahrten zwischen Adlon und Babelsberg mit vier Plastiktüten beladen wieder in Käthes Wohnung ein. Herbert musterte ihn erstaunt.

„Warst du noch einkaufen?"

„Nein, viel besser!"

Harry wuchtete die Tüten grinsend auf den Küchentisch und fing an auszupacken.

„Spreewälder Gurken!"

Er stellte fünf dicke Gläser auf den Küchentisch.

„Plätzchen, selbstgemacht."

Er kramte drei liebevoll mit Schleifen verzierte Cellophanbeutel aus seiner Plastiktüte. Herbert stierte entgeistert auf die Gurkengläser.

„Was willst du mit dem Zeug?"

„Habe sie geschenkt bekommen - von meinen Fahrern. Da kann ich doch nicht nein sagen und die Leute vor den Kopf stoßen."

„Das hast du alles geschenkt bekommen?"

„Ja, und schau mal hier."

Er packte einen neuen Designer-Duschkopf aus seiner Tasche aus.

„Einer war Vertreter für Badarmaturen. Das ist das teuerste Modell. Und hier..."

Er holte einen Packen selbstgestrickter Socken aus der Tüte, auf denen das Monogramm P.C. eingestickt war.

„Die Schuhgröße hatte sie aus dem Internet. Irre was?"

Herbert blickte auf die letzte Tüte.

„Und was ist das hier?"

Er zog einen Stapel Papier aus der Tasche.

„Drehbücher, die ich mir durchlesen soll."

Herbert nahm wortlos den Papierstapel und wollte in den Flur verschwinden.

„He, wohin willst du damit?"

„Ich bring das schon mal ins Altpapier."

„Lass das! Ich habe den Leuten versprochen, dass ich's mir durchlese."

Harry nahm Herbert die Drehbücher ab und breitete sie auf dem Tisch aus. Dann nahm er sich ein Plätzchen aus einem Cellophanbeutelchen.

„Ist doch vielleicht ganz witzig. Der Gurkentyp hat auch ein Drehbuch geschrieben, das heißt ‚Der Gurkengang der Börse' oder so ähnlich."

Käthe kam derweil, vom Geräusch der knisternden Tüten angelockt, in die Küche und begutachtete die Bescherung auf dem Küchentisch. Harry nahm ein Drehbuch hoch und betrachtete plätzchenkauend den Titel.

„Nein, falsch, es heißt ‚Die Gurke an der Börse'. Handelt vom Börsengang eines Typen, der Gurkenkonserven herstellt. Wäre stark autobiografisch."

„Und den Mist willst du dir durchlesen?"

„Na hör mal, ich hab's schließlich versprochen. Und versprochen ist versprochen, nicht wahr, Mutti? Das hast du immer gesagt und da halte ich mich dran."

Er stand auf, legte seinen Arm um Käthe und drückte sie in bester Laune an sich. Käthe, die zielstrebig die drei Plätzchentüten an sich genommen hatte, nickte bestätigend und warf einen gestrengen Blick auf Herbert.

„Genau, versprochen ist versprochen. Aber er hat sich nie dran gehalten."

Herbert war nicht nur angesichts der scheinbaren Logik des Irrsinns sprachlos, er fühlte auch wieder den alten Ärger in sich hochkochen. Er hatte es zu oft erlebt, dass sich die Beiden gegen ihn solidarisierten. Harry begriff schnell, dass er Herbert besser bei Laune halten sollte und ließ von Käthe ab, die sich mit den Plätzchen schnell ins Wohnzimmer absetzte. Er nahm den Duschkopf und drückte ihn Herbert in die Hand.

„Hier, nimm ihn mit. Du kannst auch alles andere haben, was noch so kommt. Wen haben wir denn für morgen auf der Liste?"

Am nächsten Morgen empfing Harry als erstes eine lockere Damenrunde im Taxi. Die mit einem pinkfarbenen Minirock bekleidete Fahrerin erbat mit treuherzigem Augenaufschlag von Harry die Erlaubnis, noch ihre zwei Freundinnen auf der Rückbank mitnehmen zu dürfen, die zufälligerweise genau das gleiche Ziel hatten. Die beiden Angesprochenen kicherten etwas verlegen. Harry musterte die Damen im besten Mittelalter und warf sein charmantestes Lächeln in die Runde. Er spürte sofort, dass die Tour, sollte er sich zugänglich genug zeigen, ein ganz besonderes Vergnügen versprach.

Die Fahrt führte stracks auf die Autobahn. Die Fahrerin gab ordentlich Gas und betrachtete Harrys Reaktion aus den Augenwinkeln.

„Don't you worry, Mr. Clune. With me you are in very good hands."

Wie um diesem Umstand mehr Nachdruck zu verleihen, tätschelte die Fahrerin beruhigend Harrys Oberschenkel. Harry, der nicht als Spielverderber dastehen wollte, fühlte sich frei, diese aufmerksame Geste der Zuneigung zu erwidern.

„I bet I am."

Die Fahrerin kräuselte den Mund.

„It is strictly forbidden to touch the driver, Mr. Clune..."

Sie warf ihm einen herausfordernden Blick von der Seite zu.

„...while driving."

Die Freundinnen auf der Rückbank kicherten. Harry fand es an der Zeit, Aufgeschlossenheit zu signalisieren.

„Not Mr. Clune. Just call me P.J.!"

Er wandte sich erläuternd den beiden Damen in seinem Rücken zu.

„My initials."

Die Frauen sahen sich verunsichert an. Sie hatten Harry nicht verstanden, wollten aber ihre Ignoranz nicht durch eine Nachfrage offenbaren. Kurzerhand wurde die eigene Phantasie bemüht, um die Leerstelle zu füllen. Die Kreativere der Beiden lächelte die andere verschmitzt an.

„Mein Gott, ist der versaut."

***

Während das Taxi zielstrebig den nächsten einsamen Rastplatz ansteuerte, hatte sich Rita auf den Weg zum Adlon begeben. Clune hatte ihr doch versprochen, sich noch einmal von ihr fahren zu lassen. Wozu brauchte sie Herbert, um die Fahrt zu vermitteln? Sie hatte es nicht eingesehen, sich in die Schlange einzureihen und sich auf eine Warteliste setzen zu lassen. Sie gehörte nicht zu der namenlosen Masse der Anwärter. Schließlich war sie schon mit Clune persönlich bekannt und damit selbst in der Lage, sich mit ihm zu verabreden. Mit einem Brief in der Hand durchschritt sie erhobenen Hauptes die Empfangshalle des Adlon, leidlich bemüht, sich von dem ungewohnten Ambiente nicht einschüchtern zu lassen. Sie ging schnurstracks zum Empfang.

„Ich komme von Mr. Clunes Filmproduktionsfirma. Können Sie ihm das bitte ins Fach legen?"

Sie versuchte, so geschäftsmäßig wie möglich zu wirken, und überreichte dem Mitarbeiter am Empfang ihren Brief.

„Entschuldigung, wem soll ich das ins Fach legen?"

„Na, Mr. Clune, Phil Clune."

Der Mitarbeiter blickte konsterniert. Ritas unterdrücktes Gefühl des Unwohlseins bahnte sich machtvoll einen Weg an die Oberfläche.

„Ist er schon abgereist?"

Der Mitarbeiter wandte sich an den Empfangschef und flüsterte diskret:

„Wissen Sie etwas von Phil Clune?"

Der Empfangschef musterte zunächst Rita argwöhnisch aus den Augenwinkeln, bevor er sich ihr mit professioneller Höflichkeit zuwandte.

„Da muss ein Irrtum vorliegen. Mr. Clune logiert nicht bei uns."

Rita verzichtete auf weitere Nachfragen, entriss dem Mitarbeiter kurzerhand ihr Schreiben und brachte noch gerade ein kurzes „Okay" über die Lippen, bevor sie den Schauplatz des Geschehens fluchtartig verließ.

***

Harry hatte derweil auf dem Rastplatz alle Hände voll zu tun, um allen Damen zu ihrem Recht zu verhelfen. Er nahm sich vor, Herbert zu sagen, dass er nicht mehr als zwei Damen pro Fahrt zulassen sollte. Er war halt auch nicht mehr der Jüngste und zudem durch die langen Klinikaufenthalte nicht so in Übung. Aber Harry war kein Kind von Traurigkeit und schaffte es durch einige selbstironische Bemerkungen und viel Lob für die Damenmannschaft, zumindest die Stimmung stets hochzuhalten. Und so entstieg er beschwingt und mit einem gewissen Verzug im Zeitplan dem Taxi vor dem Eingangsbereich des Adlon. Es blieb ihm gerade noch genügend Zeit, letzte Justierungen an Kleidung und Frisur vorzunehmen, bevor das nächste Taxi vor ihm hielt und ein Fahrer ausstieg, der ihm mit jenem erwartungsvoll nervösen Blick voll Bewunderung und Ehrfurcht ansah, den Harry nun schon zur Genüge kannte und der ihm verriet, dass er an der richtigen Adresse war.

„Mr. Clune?"

Harry nickte grinsend und stieg ins Auto.

Im selben Moment fuhr die immer noch leicht echauffierte Rita am Hotel vorbei. Im letzten Augenblick sah sie Harry in das Taxi steigen. Sie fuhr sofort an den Straßenrand, wartete, bis sich das Taxi in Bewegung setzte und nahm kurzerhand die Verfolgung auf. Egal wo Clune nun wirklich „logierte", sie würde es herausfinden!

Hatte bislang Herberts System zur Auswahl der Fahrer einwandfrei funktioniert, war es doch nicht frei von Schwächen. So kam es vor, dass ein durch die Absage enttäuschter Anwärter sich an einen vom Glück begünstigten Kollegen wandte und diesem sein Recht auf eine Taxifahrt mit Clune mit einer stattlichen Summe Geldes abkaufte.

„Nobody will notice."

Während Harry noch auf seinem Minzbonbon kaute und sich überlegte, mit welcher launigen Bemerkung er dem Taxifahrer über seine anfängliche Nervosität hinweghelfen konnte, ergriff sein Nachbar unerwartet die Initiative.

„Hi I`m Matt from Austin. Thought you'd like an American driver for a change. Makes you feel at home."

Harry verschluckte sich vor Schreck an seinem Bonbon. Er fing erst einmal an, in aller Ausführlichkeit zu husten, um sich eine gewisse Denkpause zu verschaffen.

„Anything wrong?"

Harry gestikulierte und zeigte auf seinen Hals. Er krächzte:

„Throat."

„Gotta flu? You have to watch out. Damn cold here in Berlin. Not like good ole Texas."

Harry nickte und hielt sich seinen Mantelkragen schützend um den Hals.

„Where do you want to go? Babelsberg?"

Harry schüttelte den Kopf und krächzte so heiser er konnte:

„No. I mustn't speak. To doctor. I'll show you."

„Oh, I'm sorry to hear."

Den Rest der Fahrt verlegte sich Harry darauf, Zeichen zu geben und zu versuchen, den wortreichen Ausführungen seines texanischen Fahrers über seine Familie und seine Heimatstadt zu folgen. Als sie in der Nähe von Käthes Wohnung angelangt waren, machte Harry ein Zeichen zum Halt. Er entlohnte den Fahrer mit einem astronomischen Trinkgeld, da er das Gefühl hatte, seinem Kunden einen guten Teil der erwarteten Performance schuldig geblieben zu sein. Etwas geknickt schlich er sich zu Käthes Wohnung. Er brauchte jetzt erst mal ein Bier. Er hoffte seinen Schreck verarbeiten zu können, bevor Herbert eintraf. Ihm war klar, dass Herbert von der letzten Fahrt besser nichts erfahren sollte. Herbert würde das nur unnötig in Panik versetzen.

In seinen Gedankengang versunken bemerkte Harry nicht, dass er beobachtet wurde. Rita hatte sich ihm auf die Fersen geheftet und seinen Weg bis zu Käthes Wohnung verfolgt. Sie hatte überlegt, ihn direkt anzusprechen. Ärgerlicherweise war ihr Selbstvertrauen nach der eher unangenehmen Episode im Adlon nicht gerade auf der Höhe. Sie wartete in der Nähe von Käthes Wohnung mit Blick auf die Wohnungstür und sammelte erst einmal neue Energien.

Die Gegend war schon sehr sonderbar. Dies war nun wirklich nicht das Ambiente, in dem man einen Hollywood-Star vermutete. Rita hatte das Gefühl, in etwas sehr

Privates und Geheimes in Clunes Leben eingedrungen zu sein, etwas, das vor der Öffentlichkeit abgeschirmt wurde. Vielleicht war es ihm nicht recht, sie hier zu sehen. Rita hatte reichlich Zeit, sich über diese und andere Fragen Gedanken zu machen, denn Harry tauchte auch nach über einer Stunde nicht aus der Wohnung auf. Ritas Entschlusskraft verlor sich durch die lange Warterei zusehends. Am Ende gab sie es, zumindest für diesen Tag, auf und verließ ihren Posten.

***

Am nächsten Morgen verließ Taxifahrer Mesut A. seine kleine Etagenwohnung in Kreuzberg, um seine ersten Touren zu fahren. Er hatte vor nicht allzu langer Zeit viel Geld in einen neuen Wagen investiert und genoss jetzt jeden Tag das neue, deutlich komfortablere Fahrgefühl. Jeden Morgen freute er sich über den Anblick des gelben Taxischilds, das ihn in strahlendem Gelb begrüßte und den Standort seines Wagens in der Reihe der am Straßenrand geparkten Fahrzeuge verriet. Doch an diesem Morgen sollte alles anders sein. Mesuts Augen glitten über die Autodächer, aber sie suchten vergeblich nach dem sonnengelben Halt. Mesut wurde nervös. Er wusste, wo er den Wagen ungefähr abgestellt hatte. Mit unsicheren Schritten ging er die Wagenkolonne ab. Etwas Schreckliches war passiert, seine innere Stimme sagte es ihm, noch bevor er den Schaden zu Gesicht bekam. Er musste zweimal hingucken, doch dann gab es keinen Zweifel. Der Wagen, vor dem seine Füße stehen geblieben waren, war sein Wagen. Die Werbung für die Dönerbude seines Bruders identifizierte das Fahrzeug eindeutig. Doch es war nicht mehr dasselbe. Etwas Entscheidendes, sein Sinn, seine besondere Existenzberechtigung war ihm genommen. Ein Unbekannter hatte in der Nacht mit grober Gewalt das Taxi-Schild vom Autodach entfernt und mitgehen lassen.

**

Als Türsteher des Adlon hatte man schon einiges an Fahrzeugen gesehen und hatte mit stoischer, unbewegter Miene Klinken in die Hand genommen, von deren Wert man locker die letzten Raten für das eigene Auto hätte abstottern können. Dennoch konnte sich Hartmut F. ein unprofessionelles Grinsen nicht verkneifen, als am Straßenrand, unmittelbar neben dem Haupteingang, ein knallroter Porsche 911 nicht mehr ganz neuen Baujahrs zu stehen kam und diesen seltsamen, bemantelten Typen schluckte, der hier seit einigen Tagen vor dem Hotel herumlungerte und offensichtlich nichts anderes zu tun hatte, als ständig in Taxis ein- und auszusteigen. Das Auto allein war schon sehenswert. Was jedoch besonders ins Auge stach, war das reichlich deplaziert wirkende Taxischild auf dem Autodach.

Harry saß das erste Mal in seinem Leben in einem Porsche und hätte den Umstand durchaus reizvoll gefunden, wenn sein Sitznachbar sich etwas zugänglicher gezeigt hätte. Dabei hatte sich Harry weder von den kraftvollen, tätowierten Armen oder der pelzigen Ganzkörperbehaarung einschüchtern lassen, noch von dem altrockermäßigen Ambiente, dem „Vote Lordi"-Aufkleber und ähnlichen selbstklebenden Gesinnungsbekundungen auf dem Handschuhfach sowie dem Geruch nach Bier, Schweiß und Zigaretten. Es war die Einsilbigkeit und Bewegungslosigkeit seines Fahrers, die auch durch das wiederholte Lob seines Wagens nicht erschüttert werden konnten. Harry war gewohnt, dass die Leute, wenn er ihnen erst ein wenig die Scheu genommen hatte, ihn bereitwillig an ihrem Leben teilhaben ließen und wenige Interessensbekundungen seinerseits genügten, um einen steten Redefluss in Gang zu halten. Doch dieser Fall war anders und Harry hatte noch keine Strategie gefunden, wie er mit ihm verfahren sollte.

„Music?"

Die plötzliche Lautäußerung seines Sitznachbarn schreckte Harry aus seinen Gedankengängen. Sie fuhren gerade auf die Autobahnauffahrt.

„Äh, sure."

Der Altrocker fummelte eine Kassette in den Schlitz des Kassettenrecorders. Wenn auch die Technik antiquiert war, so war sie dennoch in der Lage, einen bemerkenswerten Geräuschpegel zu erzeugen. Die Bässe wummerten, der Fuchsschwanz am Spiegel wackelte und die Druckwellen erfassten schließlich den Fahrer, der energisch auf die Überholspur wechselte. Auf einmal kam Leben in die Bude, während eine Stimme aus den Boxen ahnungsvoll verkündete: „Get your motor runnin, head out on the highway..." Die Musik schien, wie der entscheidende Stromstoß, Frankensteins Monster neben ihm zum Leben erweckt zu haben. Der Kopf zuckte und der Fuß malträtierte rhythmisch das Gaspedal. Die Mühle hatte schon Saft in sich. Harry verfolgte mit mehr als gespanntem Interesse, wie die Tachonadel sich in Gegenden vortastete, in denen zumindest Harry nie zuvor gewesen war. Was ihn aber noch stärker beschäftigte, war die Frage, wie viel Verkehrsgeschehen noch bis in das Bewusstsein des Fahrers vordrang, der alle Anstalten machte, head-banging mit dem Lenkrad zu betreiben. Harry fragte sich auch, ob er stimmlich in der Lage sein würde, zu seinem Nachbarn vorzudringen, sollte er für die Fahrsicherheit wesentliche Informationen mitzuteilen haben. All diese ungelösten Fragen ließen Harry in selten dagewesener Anspannung verharren und mit den Füßen auf imaginäre Bremspedale treten.

***

Derweil hatte Rita über ihre Herzensangelegenheit eine Nacht geschlafen und sich aus Ermangelung von Alternativen vorgenommen, Clune an der beobachteten Wohnung abzufangen. Sie hatte ihr Auto auf dem Parkplatz der Wohnanlage abgestellt, von wo aus sie den Eingang der Wohnung im Blick hatte. Unter fadenscheinigem Vorwand hatte sie sich den Fiat Punto ihrer Freundin ausgeliehen. Sie glaubte, in dem Wagen ihre Beobachtungen unauffälliger anstellen zu können als in ihrem Taxi. Sie hatte sich auf einen langen Tag vorbereitet und Pausenbrote, Kaffee und eine Flasche Ramazzotti mitgenommen, die ihr helfen sollte, ihre Entschlusskraft aufrecht zu erhalten.

***

Während Rita an ihrem Ramazzotti nippte, preschte Harry unfreiwillig über die Autobahn und hatte mit seinem Leben endgültig abgeschlossen. Mittlerweile befand man sich auf dem „Highway to Hell", was der Frontmann von AC/DC in einer Weise bezeugte, die keinen Widerspruch zuließ. Harrys Fahrer hatte sich derweil darauf verlegt, einhändig zu steuern und mit der anderen Hand, dem Rhythmus folgend, kraftvoll gegen das Autodach zu schlagen. Harry vermied den Blick auf die Tachonadel und starrte mit leerem Blick auf die Autos jenseits der Windschutzscheibe, die sich reihenweise vor ihnen auf die rechte Spur in Sicherheit brachten. Plötzlich gab es ein polterndes Geräusch auf dem Autodach, von dem sich etwas gelöst zu haben schien. Harry blickte sich erschrocken um und konnte noch gerade etwas Undefinierbares, Sonnengelbes durch die Luft fliegen sehen.

Hartmut F., der Türsteher des Adlon, hatte gerade in seiner Pause eine lange Diskussion mit seinem Kollegen Werner über die Frage, ob ein Porsche 911 als Taxi überhaupt eine Zulassung bekäme. Sein Kollege war der festen Ansicht, dass er kein Taxischild, sondern einen Fliegenschiss auf seiner Brille gesehen hatte. Hartmut war darüber einigermaßen verärgert, als er zu seiner großen Freude den knallroten Porsche wieder um die Ecke biegen sah. Jetzt sollte Werner sich doch selber überzeugen! In unprofessioneller Erregung lief er zu seinem ungläubigen Kollegen und wies ihn auf das Auto hin.

„Und wie kommst du darauf, dass das ein Taxi ist?"

Und tatsächlich fiel Hartmuts sicher geglaubter Triumph ins Wasser. Er war damit an diesem Tag schon der zweite Mensch in Berlin, der vergeblich nach dem Sicherheit spendenden gelb-schwarzen Schild Ausschau hielt.

Harry stieg mit zitternden Beinen aus dem Wagen. Die letzten Minuten hatte er wie im Wachkoma erlebt. Sobald der Wagen die Autobahn verlassen hatte und die Musik verstummt war, versank sein Nebenmann wieder in jene trügerische, lethargische Starre. Der Altrocker erwachte jedoch kurz, als er mit dem Wagen vor dem Adlon zum Stillstand kam. Er hatte ganz vergessen etwas zu fragen:

„Äh - where did you want to go?"

Harry, der gerade das Auto glücklich verlassen hatte und nicht gewillt war, es erneut zu betreten, antwortete, alle Vorsicht fahren lassend, in akzentfreiem Deutsch:

„Egal, ich geh zu Fuß."

**

Der Pegelstand des Ramazzottis ließ vermuten, dass Rita schon einige Stunden gewartet hatte, als sie auf der gegenüberliegenden Straßenseite Harry aus einem Bus aussteigen sah. Sie sprang schnell aus dem Auto und postierte sich hinter einem Busch in der Nähe der Wohnungstür. Harry marschierte mechanisch und noch leicht benommen auf die Haustür zu, als plötzlich aus dem Nichts neben ihm jemand auftauchte und ihn ansprach.

„Hallo Pie Dschie!"

Harry war gerade dabei, den Schlüssel aus seiner Hosentasche zu angeln, als er zusammenzuckte und herumfuhr. Zum ersten Mal fiel es ihm schwer, in seine Rolle zurückzufinden, doch er schlug sich tapfer.

„Oh, Rita, dear."

„Ich hoffe, du bist mir nicht böse, dass ich hier so einfach auftauche. Ich wollte dich einfach nochmal sehen."

Rita sah ihn mit von Ramazzotti weichgespültem Dackelblick an.

„Ja, äh, why not?"

„Darf ich reinkommen?"

„Surely."

Harry schloss verunsichert die Tür auf. Seine Geistesgegenwart war noch nicht ausreichend wiederhergestellt, um mit der Situation souverän umgehen zu können. Rita ging initiativ in die Wohnung voran und sah sich mit großen Augen um.

„Wohnst du hier?"

„Ja, no - no. Meine Tante wohnt hier."

„Deine Tante aus Dresden?"

„Exactly."

Harry war erleichtert. Er fühlte, wie er langsam in altes Fahrwasser geriet. Die „Tante aus Dresden" ließ auch nicht lange auf sich warten. Harry raunte Rita schnell noch zu:

„Sie ist – wie sagt man – crazy as a fox."

Käthe beäugte misstrauisch abschätzend Rita.

„Wer ist das?"

„Hi, aunty, darf ich dich vorstellen: Das ist Rita, meine neue Praktikantin."

„Wie redest du?"

„Du weißt doch, aunty, ich sprechen nicht so gut Deutsch."

Käthe sah ihn an, als wäre er geistesgestört. Sie ging zu Rita und raunte ihr ebenfalls zu:

„Lass dich auf nichts mit dem ein. Der ist völlig plemplem. Er hält sich ständig für jemand anderes."

„Ihr Neffe ist halt Schauspieler, da gehört das zum Beruf."

Käthe schnaufte verächtlich.

„Schauspieler, das ist er!"

Harry hatte mittlerweile genug Zeit gefunden, die Sachlage adäquat einzuschätzen und einen Plan zu schmieden, dessen erste Maßnahme darin bestand, Käthe aus seinem Gesichtsfeld zu schaffen.

„Weißt du, aunty, ich hatte versprochen dir, dass du heute kannst baden mit die schone neue Duschkopf."

„Was? Red' gefälligst ordentlich!"

Harry machte Rita ein Zeichen zu warten, legte seinen Arm um Käthe und drängte sie mit sanfter Gewalt in das Badezimmer.

„Ich machen dir Badewanne fertig!"

„Ich will nicht baden!"

Harry schob die sich sträubende Käthe in das Badezimmer und sah sich noch einmal zu Rita um.

„Just five minutes, dann ich bin bei dir, darling."

Rita, der das Wort ‚darling' verheißungsvoll im Ohr klingelte, ging ins Wohnzimmer und sah sich interessiert um. Viel gab es nicht zu sehen. Alles wirkte so klein, normal und vertraut. Es gab keinen Hinweis darauf, dass hier die Tante eines US-Weltstars lebte. Rita suchte nach Anhaltspunkten und ging weiter zum nächsten Raum. Die Tür zum Schlafzimmer stand einen Spaltbreit offen. Rita öffnete sie und spähte hinein. Ihr besonderes Augenmerk galt dem Bett, das durch die verschiedenen Verstellmöglichkeiten und die Angel über dem Kopfende mehr Ähnlichkeit mit einem Krankenhausbett als mit einem normalen Schlafmöbel besaß. Die ausgefeilte Technik und die neuen Möglichkeiten, die sie bot, beschäftigten Ritas Phantasien, die langsam, aber sicher begannen warm zu glühen.

Derweil hatte Harry Käthe bereits ausgezogen und mit sanfter Gewalt in die Badewanne verfrachtet. Käthe hatte sich übellaunig seiner physischen Übermacht gebeugt und beobachtete argwöhnisch, wie Harry die Badewannen-fernbedienung vom Hocker schnappte und mit ihr in den Flur verschwand.

Rita hatte sich auf dem Sofa niedergelassen und versucht, eine Sitzposition einzunehmen, die zwar erotische Aufgeschlossenheit signalisieren, aber auch nicht zu aufreizend wirken sollte. Allzu billig wollte sie nun auch nicht daherkommen. Es sollte gerade so viel durchschimmern, dass der Mann sich ermuntert fühlte, die Initiative zu ergreifen. Schließlich wollte sie auch ein bisschen erobert werden. Dabei war es natürlich unzweifelhaft, dass Rita im Vorfeld entschieden hatte, wer sie wie erobern durfte und wer nicht. Sie veränderte probehalber mehrfach die Sitzposition. Es war nicht so einfach, das richtige Maß zu finden. Sie wusste nicht, wie weit Clune die Feinheiten der weiblichen Körpersprache zu deuten vermochte. Sie hatte schließlich auch Männer erlebt, denen man mit Zaunpfählen winken, ja die man nahezu mit Zaunpfählen erschlagen konnte, ohne dass sie etwas begriffen. Sie gelangte jedoch zu dem Schluss, dass ein Schauspieler genügend psychologisches Feingefühl besitzen musste, auch subtilere Zeichen zu entschlüsseln. All diese feinsinnigen Fragen und Gedankengänge waren jedoch angesichts Harrys untrüglichen Instinkts völlig gegenstandslos. Mit breitem Grinsen ließ er sich neben Rita auf das Sofa nieder und warf die Fernbedienung mit einer lockeren Handbewegung auf den Couchtisch.

„Jetzt uns niemand stören."

Harry wusste, was von ihm erwartet wurde und er erfüllte die Erwartungen mit großer Bereitschaft und zunehmender Freude. Noch nie hatte er die Möglichkeit gehabt, so viele Menschen mit vergleichsweise geringem

Einsatz glücklich zu machen. Ein Autogramm, ein paar warme Worte, die Freude und Anerkennung über ein Geschenk, ein wenig zärtliche Zuwendung und die Welt strahlte ihn an und Harry strahlte mit ihr. Nur Herbert, die alte Spaßbremse, wollte ihm das gute Gefühl nicht gönnen, der Menschheit Freude und Befriedigung zu schenken. Er würde die Menschen betrügen, er wäre schließlich nicht der „echte" Clune. Na und? Harry war etwas viel Besseres, nämlich der Clune, den sich die Menschen wünschten, der in ihre kleine Welt trat und dem sie sich anvertrauen konnten. Der Gurkengläser eintauschte gegen etwas Glanz und Bedeutung. Das hatte doch etwas nahezu Magisches! Harry hing selbstzufrieden lächelnd diesen gefälligen Gedanken nach, während sich seine Finger ihren Weg unter die Träger des BHs bahnten und anfingen, das darunterliegende Gewebe liebevoll durchzukneten. Das sollte ihm erst einmal einer nachmachen! Und von seinen Aktivitäten profitierte schließlich der Meister selbst! Die Publicityarbeit, die er hier unentgeltlich leistete, steigerte Clunes Beliebtheit in ungeahnter Weise, zumindest in Berlin. Und ein gewisser Phillip G. Clune, dessen Adresse er aus dem Internet hatte, durfte sich seit kurzem über die lebenslange Belieferung mit Spreewälder Gurken freuen. Er hatte Clunes wahre Adresse nicht herausfinden können und so hatte er dem Gurkenkönig die Adresse eines namensgleichen Seismologen aus Kalifornien gemailt. Er stellte sich vor, wie der Seismologe beglückt eine Gurke zur Hand nahm, während er auf die nächste Erschütterung wartete. So brachte er Freude in die Welt, auch bei Rita, die gerade dabei war, etwas ganz anderes in die Hand zu nehmen. Doch plötzlich hielt sie inne.

„Pie Dschie?"

„Yes, Rita-Tita."

„Können wir es drüben machen? Im Bett?"

„Wherever you want, sweetheart!"

Während Harry und Rita sich zum Liebespiel auf das High-Tech Bett zurückzogen, brütete Käthe in ihrer Wanne etwas aus. Sie zog sich am Handlauf hoch und stieg unsicher, aber durchaus nicht ungeschickt aus der Badewanne. Aus dem Schlafzimmer war bald eine Geräuschkulisse zu vernehmen, die für eine Seniorenwohnung eher unüblich war. Sie nahm leise ihren Bademantel, zog ihn an und schlich ins Wohnzimmer. Die Tür zum Schlafzimmer war geschlossen. In die Tür hatte Herbert einen Spion einbauen lassen, der es ihm erlaubte, zu kontrollieren, ob mit Mutti nachts alles in Ordnung war, ohne in ihr Schlafzimmer eindringen zu müssen.

Käthe holte sich ihr Fußbänkchen und stellte es leise vor die Tür. Sie stellte sich darauf, um durch den Spion einen Blick auf die Szenerie zu erhaschen. Interessiert verfolgte sie die erotische Akrobatiknummer, die sich dort bot, bevor ihr eine Idee kam. Sie stieg vom Fußbänkchen und ging zum Couchtisch. Dort zog sie die Schublade auf und wühlte darin herum. Mit gezieltem Griff schnappte sie sich eine der Fernbedienungen und bezog wieder ihren Posten am Türspion, fest entschlossen, dem Treiben im Nachbarzimmer zu ungeahnten, zusätzlichen Schwung zu verhelfen.

Rita hatte darauf gedrängt, die Vorhänge zuzuziehen, für exklusive Momente des Glücks, die sie mit keinen Beobachtern zu teilen gewillt war. Da die Halogen-Deckenbeleuchtung eine eher klinische Raumatmosphäre erzeugte, war man schnell übereingekommen, auf sie als Beleuchtungsquelle zu verzichten. Stattdessen hatte Harry zuvor ein paar Teelichte aus der Küche besorgt und auf das Nachtschränkchen gestellt, um die Szenerie stimmungsvoll zu illuminieren. Er hatte den Kopfteil des Bettes etwas hochgefahren und drapierte Rita in einer aufrechten Stellung davor. Dann legte er letzte Hand an und half Rita umsichtig aus dem BH, der nachlässig über die Bettkante geworfen wurde. Harry, der sich bereits allen zivilisatorischen Ballasts entledigt hatte, beugte sich über Rita und küsste alles, was sie ihm erwartungsfroh entgegenstreckte. Im Rausch der Gefühle registrierte keiner, dass sich das Kopfteil auf unerklärliche Weise geisterhaft zu senken begann. Die Flammen der Leidenschaft schlugen zu hoch. Die Luft brannte! Harry spürte die Hitze aufsteigen. Er konnte es förmlich riechen! Es stank sogar ziemlich. Während das Kopfteil des Bettes sich langsam gesenkt hatte, war der BH, der über der Bettkante baumelte, in gefährliche Nähe eines der Teelichte geraten und hatte Feuer gefangen. Harry sah es als erster und schob Rita, die vor Schreck kurz aufschrie, schützend zur Seite.

„Don't worry. Das wir gleich haben."

Er zog den BH auf das Bett und erstickte das Feuer mit der Bettdecke. Rita hatte sich derweil auf das Fußteil des Bettes in Sicherheit gebracht. Plötzlich knickte das Fußteil regelrecht unter Rita weg, die vor Schreck aufschrie, sich an Harrys Bein klammerte und ihn mit sich auf den Boden riss. Beim Fallen prallte Harry mit dem Arm an den Notfallknopf an der Wand, mit dem man die hauseigenen Sanitäter alarmieren konnte. Ein rotes Lämpchen neben einem Lautsprecher blinkte und ein Freizeichen ertönte. Harry und Rita rappelten sich auf. Rita war durch den Alarm aufgeschreckt. Sie raffte ihre Klamotten zusammen und verschwand ins Wohnzimmer. Sie war von den Geschehnissen viel zu aufgewühlt, um den Schatten wahrzunehmen, der gerade in Richtung Badezimmer verschwand. Harry suchte hektisch eine Möglichkeit, den Alarm abzuschalten. Da erklang durch einen kleinen Lautsprecher eine Stimme:

„Was können wir für Sie tun?"

Harry hatte zwar das Feuer ersticken können, dennoch war es zur Rauchentwicklung im Zimmer gekommen. Und so schaltete sich just in diesem Moment der Rauchmelder über dem Bett ins Geschehen ein und gab ein anschwellendes Sirenengeheul von sich. Harry zuckte zusammen und brüllte über den Lärm:

„Nichts, nichts."

„Wie bitte?"

„Nichts, das ist ein Fehlalarm."

„Wer spricht da?"

„Der Sohn, nur ein Fehlalarm."

Harry hatte inzwischen den Rauchmelder an der Decke gesehen und war auf das Bett gesprungen, um ihn zum Schweigen zu bringen. Er fummelte hilflos an dem Gerät, dessen Lautstärke unbeirrt weiter anschwoll.

„Bei Ihnen ist wirklich alles in Ordnung?"

„Ja, doch!!!"

Harry sprang in seiner Verzweiflung vom Bett, klaubte einen von Ritas Pumps vom Fußboden und kletterte wieder auf das Bett.

„Sind Sie sicher, dass wir nicht doch einmal vorbeischauen sollten?"

In schwungvollen Bewegungen schlug Harry mit dem Absatz auf den Rauchmelder ein. Plötzlich löste sich das Gerät aus der Fassung und der Ton verstummte, während Harry noch aus Leibeskräften brüllte:

„JA, GANZ SICHER – äh sure, sure."

Rita blickte verunsichert durch die Tür. Die Vorstellung, vom Klinikpersonal oder der Feuerwehr überrascht zu werden, erwies sich als Stimmungskiller. Harry stieg vom Bett und betrachtete das verstellte Fußteil misstrauisch. Er bekam einen Verdacht und preschte splitterfasernackt an Rita vorbei, der er im Vorbeigehen den malträtierten Schuh in die Hand drückte. Zielstrebig eilte er zum Badezimmer. In der Badewanne saß Käthe, die unwirsch auf die Knöpfe einer Fernbedienung hämmerte.

„Die funktioniert nicht. Ist kaputt. Alles Scheiß."

Harry entriss ihr die Fernbedienung und betrachtete das Gerät genauer. Es handelte sich jedenfalls nicht um die Fernbedienung für den Badewannenlift. Käthe musterte ihren Sohn eingehend und ohne falsche Scheu.

„Du brauchst dich nicht zu genieren."

Käthe machte eine einladende Handbewegung.

„Komm ruhig rein. Das Wasser ist noch schön warm."

***

„Phil Clune genießt das Bad in der Menge. Der US-Star wurde bei seiner Ankunft auf dem Potsdamer Platz direkt von seinen Fans umringt."

Normalerweise fristete der Fernseher, der in einer Ecke von Tonys Imbiss hing, ein unbeachtetes Mauerblümchendasein. Bei dem Geräuschpegel am Grill und an den Tischen konnte man sowieso kein Wort verstehen. So dauerte es auch in dieser Mittagspause der Taxifahrerrunde eine beträchtliche Zeit, bis ein Gast zum Bildschirm aufblickte.

„He, Herbert, guck mal, die bringen was über Clune im Fernsehen."

Die Gespräche verstummten augenblicklich und alle Blicke richteten sich auf den Bildschirm.

„Der Schauspieler, der auch hierzulande große Popularität genießt, ist heute Morgen in Berlin zu Dreharbeiten für seinen neuen Film eingetroffen."

Herbert wurde kreidebleich. Jetzt war es aus. Jetzt saß er endgültig in der Falle. Er hatte das Schicksal herausgefordert und das Schicksal war im Begriff, in voller Breitseite zurückzuschlagen. Während er in ergebener Apathie auf den Fernseher starrte und sich wünschte, die Zeit um zwei Wochen zurückdrehen zu können, lief das Leben hinter seinem Rücken unbeirrt weiter.

„Der ist doch schon seit über einer Woche hier."

Max unterbrach seinen Kollegen Nikolaj.

„Da siehste mal, was die uns für einen Scheiß im Fernsehen erzählen. Das ist doch alles Betrug!"

Paul mischte sich ins Gespräch.

„Der hat doch seine Tante besucht. Wahrscheinlich will er nicht, dass alle Welt davon Wind kriegt. Die ist ja dement."

„Richtig. Würde ich auch nicht wollen, dass sich diese Medienheinis auf sie stürzen. Herbert, du hast ja selber die Probleme mit deiner Mutter. So was hängt man nicht an die große Glocke. Da bleibt man inkognito. Stimmt's?"

Herbert nickte mechanisch. Er wusste nicht mehr, was er denken sollte. Seine Notlüge hatte sich verselbstständigt. Die Anwesenheit des vermeintlichen Clunes hatte so viel Spannung in den Alltag der trägen Runde gebracht, dass es völlig außer Frage stand, an der Authentizität des Urhebers der großen Gefühle zu zweifeln. Herbert war die faktenschaffende Macht des Wunschdenkens zwar nicht grundsätzlich fremd, er hatte bislang nur nicht geahnt, wie stark sie werden konnte.

***

Es war noch früh am Morgen, als ausnahmsweise kein Taxi, sondern eine schwarze Limousine vor dem Hintereingang eines Produktionsstudios Halt machte. Während der Fahrer noch die hintere Wagentür öffnete, kamen aus dem Gebäude zwei Männer und begrüßten den unscheinbaren Mann, der aus dem Auto gestiegen war. Bis auf den Fahrer, der sich wieder in seinen Wagen setzte und losfuhr, verschwanden alle Männer im Eingang.

„Das ist er. Wie spät?"

In einiger Entfernung zur Szenerie parkte unauffällig ein grauer Kastenwagen. Der Fahrer saß am Lenkrad und bildete sich gerade seine Meinung über die unbekleidete junge Dame, die ihn auf Seite eins des Druckerzeugnisses herausfordernd anlächelte, das er über seinem Lenkrad ausgebreitet hatte. Im Laderaum hockte, von außen unsichtbar, ein weiterer Mann, der mit einem Feldstecher durch das Heckfenster, das mit halbdurchsichtigen Werbeaufklebern versehen war, die Szene beobachtet hatte. Der Fahrer sah auf die Uhr.

„Sieben Uhr dreißig."

„Gut. Geh zum Chef. Sag ihm, wir haben das Studio gefunden. Arbeitsbeginn sieben Uhr dreißig. Ich bleibe am Beobachtungsposten."

„Okay Fred."

Der Fahrer faltete die Dame nachlässig zusammen, verließ den Wagen, ging zwei Straßen weiter, um dort in einen alten Opel Corsa zu steigen und mit dem Wagen zu verschwinden.

***

In Käthes Wohnzimmer herrschte Krisenstimmung. Harry und Herbert hatten, um die veränderte Lage in aller Ruhe besprechen zu können, Mutti ins Wohnzimmer verfrachtet und vor dem Fernseher ruhig gestellt. Dazu hatte Herbert ihr eine ihrer Lieblings-DVDs eingelegt. Er hatte Mutti zum letzten Weihnachtsfest eine Sammlung von DVDs mit Folgen von Dieter Thomas Hecks Hitparade geschenkt und damit ausnahmsweise bei seiner Mutter einen echten Volltreffer gelandet. Die Hitparade am Donnerstagabend war all die Jahre ein Fixpunkt in Käthes Leben gewesen. Sie gehörte zu den frühesten Fernseherinnerungen Herberts. Nicht dass er sich für die Musik sonderlich erwärmen konnte, aber es war die einzige Musik, die im Hause seiner Eltern erklang und so hatte er, zumindest in den ersten Jahren, mehr aus Langeweile und Mangel an Alternativen mit seinen Eltern und dem kleinen Harry vor dem Bildschirm verbracht. Ein Problem hatte er jedoch nicht bedacht, als er seiner Mutter das Geschenk machte. Immer wenn Käthe eine DVD einlegte, fühlte er sich unwillkürlich in seine Kindheit zurückversetzt - eine Zeit der Abhängigkeit und Hilflosigkeit, die er doch so gerne hinter sich lassen wollte. Aber in diesem Moment standen dringlichere Probleme auf der Tagesordnung und Herbert war froh, sich auf diese Weise einen Schutz vor Käthes Interventionen zu verschaffen und unliebsame Koalitionsbildungen zwischen Harry und Käthe von vornherein auszuschließen. Harry betrachtete bekümmert die exquisite Flasche Rheinwein in seiner Hand, die er bei seiner letzten Taxifahrt geschenkt bekommen hatte. Aus dem Nachbarzimmer drang die Stimme Christian Anders, der den Zug nach Nirgendwo heraufbeschwor. In den Zug nach Nirgendwo wünschte Herbert sich auch oder viel besser noch Harry.

„Du hast gesagt, wir können jederzeit aufhören. Die Sache wird zu heiß. Wenn nun einer von denen dem echten Clune über den Weg läuft. Man weiß nie."

„Berlin ist groß, wie wahrscheinlich ist das?"

„Ich mach da nicht mehr mit. Punkt aus! Außerdem sind die drei Wochen in zwei Tagen vorbei. Du musst zurück nach Hamburg."

„Wenn du die Klinik anrufst und sagst, dass alles okay ist, dann -"

„Den Teufel werde ich tun!"

„Wir haben aber doch für morgen schon Verabredungen."

„Sag' ich alle ab."

Harry realisierte langsam, dass der Spaß ein baldiges Ende zu nehmen drohte. Aber so abrupt? Harry fühlte sich wie früher, als seine Mutter ihn abends aus den schönsten Spielen riss, nur um ihn ins Bett zu schicken. Doch schon damals hatte er zu handeln verstanden.

„Okay, du hast Recht. Aber lass uns wenigstens noch morgen die Touren machen. Die Leute wären so enttäuscht. Das ist doch auch mein letzter Tag! Nur noch das eine Mal. Da wird schon nichts passieren. Danach bist du mich auch los! Ich kauf mir morgen früh die Fahrkarte nach Hamburg."

Herbert kämpfte mit sich. Harry nutzte die Gelegenheit, sprang auf, kramte aus der Küchenschublade einen Korkenzieher, holte zwei Limonadengläser mit Streublümchenmuster aus dem Regal und setzt sich wieder zu Herbert. Schwungvoll begann er, die Weinflasche zu entkorken.

„Na, komm schon. Das ist ein würdiger Anlass für das Tröpfchen hier. Das wird gefeiert!"

Er füllte die Gläser und schob Herbert eins vor die Nase. Dann hob er sein Glas feierlich.

„Auf unsere letzte Tour! Auf den fabelhaften Mr. Clune, der uns nun leider bald verlassen muss – and to Herbie-Boy my very special friend!"

***

In einem anderen Berliner Stadtteil, in einer kleinen Wohnung inmitten einer heruntergekommenen Plattenbauanlage scharten sich vier Männer um einen Tisch, auf dem ein Stadtplan von Berlin ausgebreitet lag. Neben Freddy, der fast den ganzen Tag im Laderaum des Kastenwagens den Studioeingang beobachtet hatte und Mehmet, dem Fahrer, waren noch Mike, der Kopf der illustren Gesellschaft und Kevin-Junior von der Partie. Freddy deutete auf einen Punkt auf der Karte.

„Also, für den Zugriff ist dieses Filmstudio am besten. Von hier aus ist man am schnellsten auf der Autobahn. Außerdem ist die Straße meist menschenleer."

„Wann kommt Clune ins Studio?"

„Ab sieben Uhr dreißig. Aber das ist ungünstig. Sein Fahrer ist da und dann steht da auch noch das Empfangskomitee. Wir sollten abwarten, bis er allein rauskommt. Er war heute mal kurz draußen. Allein. Das ist die Gelegenheit."

Mike beugte sich konzentriert über die Karte. Das sollte ihr großer Coup werden. Da musste alles bedacht sein. Er und Kollege Freddy, zwei bislang eher erfolgslose Gelegenheitsganoven, hatten die Idee zu dem großen Coup gehabt. Die Idee war Mike auf dem Klo in seiner Stammkneipe gekommen, wo immer Zeitschriften herumlagen. Bei einer langwierigen Sitzung hatte er sich aus Zeitvertreib eine genommen und wahllos darin herumgeblättert. Er war auf einen Artikel über Clune gestoßen, der ihn darüber aufklärte, dass es sich bei ihm um den bestverdienenden Schauspieler der USA handelte. Außerdem wurde eine deutsche Filmproduktion mit dem reichlich rätselhaften Titel *Mount Borungo* erwähnt, die angeblich die unglaubliche Summe von hundert Millionen Euro verschlungen hatte. Unter der Zahl konnte sich Mike jedenfalls mehr vorstellen, als unter dem Titel. Und sie versetzte ihn ins Grübeln. Was sollten bei einer solchen Summe drei oder vier oder auch fünf Millionen ausmachen? Er und sein Kumpel Freddy hatten ein bisschen gedealt und dabei mehr schlecht als recht verdient. Der Job war nicht wirklich befriedigend. Man war immer auf die Lieferanten angewiesen und als Freiberufler musste man zudem aufpassen, nicht in die Reviere der großen Drogenbosse zu geraten, die ihre Monopolstellung aggressiv verteidigten. Nach so einigen schmerzhaften (Rück)Schlägen wuchs in Mike der Traum vom ganz großen Ding, vom Coup, der ihn mit einem Schlag in einen auskömmlichen Vorruhestand versetzen könnte. Eigentlich seltsam, dass niemand vor ihm auf die Idee gekommen war, einen Schauspieler zu entführen. Man konnte sowohl die Familie als auch die Produktionsfirma erpressen. Vielleicht lag es nur daran, dass deutsche Schauspieler einfach nicht genug abwarfen. Aber ab und an konnte es passieren, dass sich einer der ganz großen internationalen Stars nach Berlin verirrte, und jetzt ausgerechnet der Goldjunge schlechthin, Phil Clune persönlich. Das war die einmalige Gelegenheit! Hier durfte nichts schief gehen!

„Pass auf. Wir parken den Wagen in der Seitenstraße. Kev hört die Gespräche aus dem Studio ab. Du, Fred, beobachtest die Straße und gibst uns ein Zeichen, wenn es soweit ist. Memme, du bleibst am Steuer."

„Dann ist es jetzt bald soweit!"

Kevin, mit seinen sechzehn Jahren der jüngste der Bande, sah seinen Chef mit erwartungsvoll-aufgeregtem Blick an.

„Immer mit der Ruhe. Wir müssen den richtigen Moment abpassen. Dann greifen wir zu. Das kann morgen, aber auch später sein. Ist überhaupt alles fertig für unseren Gast?"

„Willst du's sehen?"

Kevin war eifrig bemüht, das Vertrauen, das Mike trotz seiner jungen Jahren in ihn setzte, nicht zu enttäuschen. Er hatte ihn schließlich von der Straße aufgesammelt und ihm, den schmächtigen, straßenkampfunfähigen Scheidungskind, Schutz in seinem Dunstkreis geboten. Und nicht nur das, er traute ihm etwas zu. Und das war eine Erfahrung, die Kevin bis dato noch nie hatte machen dürfen. Mike hatte nämlich bald das Potenzial in dem technikvernarrten, verpeilten Jugendlichen gesehen. Und der Technik gehörte die Zukunft, so viel stand fest. Ohne ausgefeilten technischen Einsatz war in dieser Branche nichts mehr zu gewinnen. Und so hatte Mike Kevin unter anderem mit den technischen Aufgaben des Einsatzes betraut.

Eifrig schob Kevin Mike durch den Flur vor eine Tür, die in eine fensterlose Abstellkammer führte. Er schaltete die Glühbirne an, die nackt von der Decke baumelte und einen winzigen Raum beleuchtete, der von einem rostigen Bettgestell ausgefüllt wurde. An den Pfosten hingen Handschellen. Auf dem Bett selber lag auf einer Matratze, die man beim letzten Sperrmüll organisiert hatte, eine uralte Kunststoffüberdecke mit verblichenem Blümchenmuster. Neben dem Bett standen ein Latrineneimer sowie ein paar Wasserflaschen.

„Alles so, wie du gesagt hast."

Mike nickte zufrieden und grinste.

„Na, mindestens fünf Sterne. Und das bei freier Kost und Logis."

***

Auch Harry war an diesem Morgen damit beschäftigt, einen Raum herzurichten. Er hatte Herbert schon früh zum Bahnhof geschickt, um für ihn eine Fahrkarte nach Hamburg zu besorgen. Er wusste, dass Herbert ihm diesen Wunsch nur zu gern erfüllen würde und hatte so freie Bahn, letzte Arrangements für einen ereignisreichen letzten Tag zu treffen. Dazu gehörte ein kurzer Anruf bei Rita, die er für den Nachmittag einlud, um das zuletzt Begonnene aufzugreifen und zu einem beglückenden Ende zu führen. Er hatte Herbert dazu ermuntert, Käthe am Nachmittag zum allwöchentlichen Bingo-Spiel ins Pflegeheim zu begleiten. Dies garantierte anderthalb Stunden ungestörten Vergnügens. Harry stand im Schlafzimmer und überlegte, wie er das Ambiente, dem erotischen Anlass entsprechend, gestalten könnte. Frauen umgaben sich ja gern mit allem möglichen sinnlosen Krimskrams. Harry wollte diesem Bedürfnis gerne Rechnung tragen und wühlte in den Schubladen, um etwas Brauchbares zu finden. Die Schubladen und Schränke in Käthes Schlafzimmer waren allerdings nur mit Sanitätshausbedarf vollgestopft. Doch Harry war nicht so leicht zu entmutigen. Er hatte in den Anlagen ein paar Rosen abgeschnitten, die schnell ins Wasser mussten. Das einzige griffbereite Gefäß war eine Urinflasche, die er flugs am im Zimmer befindlichen Waschbecken füllte. Er untersuchte die Schrankinhalte weiter. Aus allem ließ sich mit der nötigen Phantasie etwas machen. Er fand zwei rostrote Klistierschläuche und legte sie zu einem großen Herz auf dem Bett zusammen. Er erinnerte sich an ein Andenken, das ihm die drei Damen im Taxi mitgegeben hatten, ging ins Wohnzimmer und kramte in seiner Reisetasche neben dem Sofa, auf dem er die letzten Nächte verbracht hatte. Er zog zwei in Cellophan verpackte, rammelnde Marzipanschweine aus seiner Tasche hervor. Die Aufschrift versprach: „Eine schöne Sauerei". Grinsend ging er ins Schlafzimmer und platzierte die Schweinchen inmitten des Klistierschlauchherzes. Er hatte dieses Geschenk vor Herbert geheim gehalten und auch die dazugehörenden Einzelheiten der Taxifahrt. Er wusste, dass Herbert gleichartige Aktivitäten verwehrt blieben und hielt es für taktvoller, über seine Eroberungsfeldzüge Stillschweigen zu bewahren. Damit sein Arrangement nicht zu augenfällig für unbefugt Eintretende wurde, deckte er die Kreation vorläufig mit der Bettdecke ab. Dann widmete er sich weiter seiner Suche. Hinter der letzten Schranktür förderte er schließlich noch ein echtes Highlight zu Tage: Die alte Infrarotlampe, die er noch aus seinen Kindertagen kannte. Er holte sie hervor und überzeugte sich von der Funktionstüchtigkeit des Geräts. Er ließ den Rollladen ein wenig herunter, bis der Raum von der Lampe in ein stimmungsvolles Rot getaucht wurde. Keine Mühe war ihm zu viel, schließlich sollte es seine große Abschiedsvorstellung werden.

***

Zur gleichen Zeit war auch Rita damit beschäftigt, Vorbereitungen für einen unvergesslichen Nachmittag zu treffen. Ihre letzte Tour hatte sie an den Pforten eines Kostümgeschäfts vorbeigeführt. Das brachte Rita auf die großartige Idee, Clune als Schauspieler besonders zu würdigen, in dem sie selbst in eine andere Rolle schlüpfte. Sie parkte auf dem Kundenparkplatz und ging in Gedanken an mögliche Rollen ins Geschäft. Ihre Finger blätterten flink durch den Kleiderhakenwald auf der Suche nach etwas dem besonde-

ren Anlass Entsprechendem. Kleopatra wäre z. B. eine gute
Rolle. Doch dann stieß sie auf etwas noch viel Besseres...

***

Für den großen Tag hatte die Bande einen kleinen Transporter organisiert, der unauffällig in einer Querstraße vor
dem Studio geparkt war. In dem fensterlosen Laderaum
beugte sich Kevin mit Kopfhörern über eine Apparatur.
Mike hockte auf einem Schemel daneben und befingerte
nervös ein paar Handschellen. Freddy saß neben Mehmet,
der sich wiederum über seinem Lenkrad weiterbildete. Die
Anspannung war allgemein greifbar; das lange, ereignislo-
se Warten hatte die Nerven arg strapaziert.

„Da kommt was!"

Kevin erschrak über die Lautstärke seiner Stimme. Mike beugte sich nervös über ihn, in dem vergeblichen Versuch etwas mitzuhören. Kevin lauschte konzentriert.

„Clune ist verletzt, Verdacht auf Bänderriss."

Mike gab Freddy in der Fahrerkabine ein Zeichen.

„Sie rufen ein Taxi."

Kevin ergänzte weiter:.

„Er wartet draußen."

Mike überlegte schnell.

„Wahrscheinlich ist er nicht allein. Aber egal."

Er wandte sich an Freddy.

„Geh raus und sieh nach, ob er allein ist. Wenn ja, dann
gib uns ein Zeichen."

Nicht unweit dieser Szene fuhr Herbert Harry zum erhoff-
ten letzten Mal zu seinem Einsatzort. Das einzige, woran
sich Herbert in dieser Situation festhielt, war die Fahrkarte,
die er soeben für Harry erstanden hatte. Morgen früh um
sieben Uhr siebenunddreißig hatte der Alptraum ein Ende.
Er überlegte, für die nächste Zeit eine ambulante Pflege für
Mutti zu organisieren und ein paar Tage ans Meer zu fah-

ren, bis endgültig Gras über die Sache gewachsen war. Genügend Geld zur Finanzierung war schließlich vorhanden. Harry hatte ihm nahezu alle Einnahmen ihrer Taxifahrten überlassen. Er parkte ca. zweihundert Meter von dem Studioeingang entfernt und ließ Harry aussteigen. Von den parkenden Autos halb verdeckt beobachtete er, wie Harry sich vor dem Studioeingang in Position brachte. Herbert verharrte in seinem Wagen. Er wollte sich versichern, dass nicht noch etwas in letzter Minute schief ging. Dieses eine Mal noch! Herbert schickte ein Stoßgebet gen Himmel. Von der gegenüberliegenden Straßenseite kam plötzlich ein Mann auf Harry zu. Dann ging alles ganz schnell.

„Mr. Clune?"

Harry blickte den angespannt wirkenden Mann an, der auf ihn zugekommen war. Er lächelte ihn breit an, um ihm jegliche Berührungsängste zu nehmen.

„Yeah, sure."

Schlagartig verdunkelte sich Harrys Welt. Er spürte, wie ihm der Fremde einen schwarzen Sack über den Kopf zog und ihm mit der anderen Hand blitzartig den Arm hinter den Rücken drehte, so dass er bewegungsunfähig war. Aus dem Nichts heraus hörte er einen aufheulenden Motor, quietschende Bremsen und das Öffnen einer Ladetür. Mehrere Hände packten ihn und zerrten ihn in den Laderaum, die Türen flogen zu und der Wagen setzte sich in Bewegung.

Herbert verharrte in Schockstarre und stierte auf den sich entfernenden Wagen, aus dem einige Papiere geworfen wurden. Er konnte nicht glauben, was er eben mitangesehen hatte. Es kam ihm so unwirklich vor, wie eine Szene aus einem Krimi. Die Bedeutung des soeben Erlebten drang nur ganz allmählich in sein Bewusstsein. Er lief zum Studioeingang, vor dem einige Zettel gelandet waren.

Er hob einen auf und las die mit einer alten Schreibmaschine getippte Botschaft:

„wir haben phil clune in unserer gewalt. 10 mio. euro für seine freilassung. KEINE TRICKS, KEINE POLIZEI. erwarten sie weitere anweisungen."

Herbert fühlte, wie der der Boden unter ihm nachgab. Er war wie betäubt und bemerkte nicht, wie drei Männer aus dem Studioeingang traten.

„Sind Sie der Taxifahrer?"

„Was?"

„Sind Sie der Taxifahrer?"

Herbert fuhr herum und nickte mechanisch.

„Ja, ja - ich bin Taxifahrer."

„Bitte bringen sie Mr. Clune zur Praxis Dr. Küppers in die Isoldestraße. Die Praxis ist informiert. Sie warten und bringen Mr. Clune dann zurück ins Studio."

Herbert begann langsam, die drei Figuren wahrzunehmen, die sich vor ihm aufgebaut hatten. Da waren zunächst der geschäftige Mann, der ihn angesprochen hatte und noch ein weiterer junger Mann, der einen anderen Mann umfasste und stützte. Herbert traf es wie ein Blitzschlag. Hier stand oder besser hing er, der Wahrhaftige! Wie hatte Harry, wie hatte Herbert es je wagen können, ihre unsägliche Kopie unter dem Namen dieses Mannes zu verkaufen? Herbert überlief es heiß und kalt.

„Wo steht Ihr Taxi?"

Herbert deutete in die Richtung seines Wagens. Dann fielen ihm wieder die Zettel ein. Und Harry. Er konnte jetzt nicht! Er musste sich um Harry kümmern, die Polizei verständigen!

„Das wurde hier eben aus einem Wagen geworfen."

Er drückte seinem Gegenüber den Zettel in die Hand.

„Sehen Sie sich das an. Es ist schrecklich!"

Der Mann starrte auf den Zettel und warf ihn dann unwirsch beiseite. Herbert hakte nach.

„Wir müssen die Polizei rufen."

Clune stöhnte leise vor sich hin. Der Mann verlor die Geduld.

„Und was sollen ich denen sagen?"

„Äh -"

„Dass Clune entführt wurde? Da steht er doch!"

Er wies auf Clune.

„Holen Sie jetzt ihren Wagen und fahren Sie vor!"

„Aber -"

„Vergessen Sie den Quatsch! Wenn wir uns um alle Idioten kümmern würden, die Spaß an so `nem Scheiß haben, könnten wir unsere Arbeit gleich ganz vergessen. Los, beeilen sie sich. Wir haben einen straffen Zeitplan."

Herbert lief eingeschüchtert zu seinem Wagen und fuhr vor.

Die Hintertür des Wagens wurde geöffnet und Clune von den beiden Männern vorsichtig hineinverfrachtet.

„Isoldestraße 24. Sie müssen ihm in die Praxis helfen. Er hat sich am Fuß verletzt."

Die Tür wurde geschlossen. Herberts Wagen setzte sich in Bewegung. Herbert blickte verstohlen in den Rückspiegel. Nun war es wahr geworden, das, was er sich in unzähligen, wartend verbrachten Tagen am Multiplex gewünscht hatte. Vor zwei Wochen noch ein Traum und jetzt? Was hatte er nicht alles sagen wollen! Wie oft war er das Frage- und Antwortspiel in seinem Kopf durchgegangen mit dem Clune, der in seinem Kopf wie ein alter Bekannter vertraulich ein und ausging. Unmerklich hatte sich diese Figur von ihrem Ursprung gelöst und ein Eigenleben gewonnen. Sie hatte sich dabei so wunderbar in Herberts kleine Welt eingefügt. Die Konfrontation mit dem echten Clune konnte das vertraute, liebgewonnene Bild nur erschüttern oder ganz zerstören. Herbert wagte nur einen kurzen Blick. Es war Clune anzusehen, dass er Schmerzen hatte. Er hielt den Kopf abgewandt und blickte auf die

Straße. Herbert merkte, dass ihm nicht der Sinn nach Konversation stand und er war darüber nicht böse. Er musste nachdenken. Harry kam ihm unweigerlich in den Sinn. So sehr ihn Harry auch auf die Palme bringen konnte, so war er doch kein schlechter Mensch und immerhin sein kleiner Bruder, für den er nicht zuletzt aufgrund seiner Erkrankung eine besondere Verantwortung trug. Angesichts Harrys unsicheren Schicksals in den Händen der Entführer verblasste sogar die Bedeutung des verletzten Fußes eines Phil Clune auf der Rückbank. Fieberhaft schossen ihm die Gedanken durch den Kopf. Die Szene vor dem Studioeingang ließ ihn keinen Zweifel daran hegen: Niemand nahm die Entführung und die damit verbundene Gefahr für Harrys Leben ernst! Und wenn man noch Harrys Persönlichkeit berücksichtigte, würde nicht jeder eher auf die Idee kommen, er hätte die Entführung inszeniert, um sich abzusetzen, als dass er tatsächlich in akuter Gefahr schwebte? Und was würde mit ihm passieren, wenn die Entführer erst ihren Irrtum begriffen, wenn ihnen plötzlich Clune von den Fernsehbildschirmen zuwinken und ihnen die letzten Illusionen über die Identität des Gekidnappten rauben würde? Harry hatte zu viel gesehen. Mit Sicherheit würden sie ihn umbringen. Herbert brach der Schweiß aus. Was konnte er tun? Der echte Clune durfte auf keinen Fall für die Entführer sichtbar werden. Wenn er verschwände, würde sich die Polizei auch mit dem Fall befassen. Herbert hatte genug beobachtet, um die Polizei auf die richtige Fährte zu setzen, wenn sie sich nur auf den Fall einlassen würde. Was blieb also zu tun? Ruckartig bog Herbert rechts ab. Es gab nur diese eine Lösung. Er trat aufs Gaspedal und fuhr so schnell, dass er all seine Konzentration dem Verkehrsgeschehen widmen musste und nicht weiter seinen Plan hinterfragen konnte. Es blieb ihm keine Alternative, also wollte er seinen Entschluss nicht der Gefahr weiteren Nachdenkens aussetzen.

Sein Wagen fuhr mit ungewohntem Schwung auf den Parkplatz der Seniorenwohnanlage. Herbert stieg aus.

"Just a moment. I shall tell the doctor that you are here."

Er rannte schnell zu Käthes Wohnung, schloss die Tür auf und befestigte sie mit einem Türstopper. Danach lief er, sich panisch nach allen Seiten umblickend, zurück zum Wagen. Er öffnete die Hintertür und half Clune heraus, wobei er sich bemühte, ihn nicht anzusehen und sich vorzustellen, es handele sich um Harry, nur um nicht vor Nervosität in die Knie zu gehen.

"Is it far to go?"

"No, just a few steps."

Herbert, der weiterhin nach unliebsamen Beobachtern Ausschau hielt, beschleunigte unwillkürlich seine Schritte. Clune hatte Mühe mitzuhalten und stolperte fast über eine Bordsteinkante.

"Watch out!"

"Oh, sorry, I'm sorry."

Herbert erreichte endlich die Haustür. Clune blickte sich verständnislos um.

"Is this the right place?"

"Oh, yes."

Herbert stammelte:

"This is private – a private clinic."

Herbert schob den hilflosen, sich ungläubig umsehenden Patienten in Käthes Schlafzimmer und setzte ihn auf dem Bett ab.

"Just wait here. The doctor comes soon."

Während Herbert schnell durch die Tür verschwand, langte Clune unter seinem Hintern nach einem Gegenstand, auf den er sich gesetzt hatte und der ihn offensichtlich irritierte. Er stand unsicher auf einem Bein auf und zog etwas unter der Bettdecke hervor. Seine Hand spürte etwas Weiches, Klebriges. Angeekelt zog er einen geplatzten

Beutel mit einer undefinierbaren, zerquetschten rosa Masse unter der Decke hervor, auf dem ein Schild mit einer unverständlichen deutschen Aufschrift klebte. Das Geräusch eines Schlüssels, der sich im Schloss drehte, ließ ihn aufschrecken.

Herbert hatte das Wichtigste geschafft. Clune war vorläufig aus dem Verkehr gezogen. Da die Fenster im Schlafzimmer vergittert waren, hatte er keine Möglichkeit zur Flucht. Dennoch fuhr Herbert vor Schreck zusammen, als aus dem Schlafzimmer laute Protestrufe zu vernehmen waren. Käthe hatte die Aktion aus einiger Entfernung stoisch beobachtet. Herbert hatte das Gefühl, ihr eine Erklärung schuldig zu sein.

„Das ist ein Patient. Dr. Marthaler hat keinen Platz. Er hat mich gebeten, ihn hier unterzubringen. Er ist gefährlich! Du darfst ihn nicht raus lassen! Ich nehme den Schlüssel besser mit."

Herbert steckte den Zimmerschlüssel in die Hosentasche. Beschwörend ging er auf Käthe zu.

„Ich muss dringend weg, aber ich komme gleich wieder. Rühr dich nicht! Ich beeil mich."

Herbert stürmte aus der Wohnung. Käthe betrachtete die Tür. Die Protestschreie störten sie nicht weiter. Irgendjemand schrie immer im Heim. Einzig irritierend war, dass die Rufe innerhalb ihrer eigenen Wohnung deutlich lauter ertönten. Sie löste das Problem, indem sie zum Fernseher ging und ihre Lieblings-DVD anschaltete. Sie drehte die Lautstärke auf, bis schließlich Clunes Protest sich der Übermacht von Rex Gildos „Hossa"-Rufen geschlagen gab.

Auf der Polizeiwache hatte Herbert in der Tat mehrere Anläufe gebraucht, bis man sich über seine Glaubwürdigkeit und die Tragweite des gemeldeten Falls im Klaren wurde. Dafür saß er nun im Polizeipräsidium Oberkommissar Kramer gegenüber, der den Fall in die Hand genommen hatte. Herbert hatte ihm zum dritten Mal seine Version des Geschehens erzählt. Er sei mit Clune auf dem Weg zum Arzt gewesen, als er an einer unbelebten Straße von einem Kleintransporter gestoppt worden sei, aus dem drei Männer gesprungen seien, die dann Clune aus seinem Taxi gezogen und in ihren Transporter verfrachtet hätten. Er bemühte sich, in seinen Schilderungen die Männer und das Auto so zu beschreiben, wie er sie gesehen hatte. Da er sich, zumindest was diese Details anbelangte, auf dem Boden der Tatsachen befand, versuchte er sich in den Gesprächen auf diesen Teil seiner Ausführungen zu konzentrieren.

Oberkommissar Kramer ließ keinen Zweifel daran erkennen, dass es sich bei diesem Fall um seinen Fall handelte. Noch war nicht der letzte Beweis erbracht, dass sich Clune tatsächlich in der Hand von Entführern befand, doch wenn es so sein sollte, war dies ein Fall, der ihn weltweit zur Primetime ins Fernsehen bringen würde, so viel stand fest. Kramer glättete sich bei dem Gedanken unwillkürlich den krausen Haarschopf. Dieser Fall würde ihm zu einer Publicity verhelfen, die jegliche Zweifel an seiner Kompetenz und der Notwendigkeit der Eingruppierung in eine höhere Gehaltsgruppe ersticken würde. Und so schwierig versprach der Fall nicht zu werden. Das Vorgehen der Kidnapper erschien ihm nicht sonderlich professionell. Herbert hatte einen der Männer gesehen und konnte ihn detailliert beschreiben. Außerdem hatte er sich sogar das Kennzeichen des Fluchtfahrzeugs gemerkt. So viele Informationen hatte man nicht immer. Mit im Büro saßen seine Kollegen Michael und Thomas.

„Thomas, du fährst sofort raus zum Studio und bringst mir das Erpresserschreiben. Michael, du überprüfst das Kennzeichen."

Die beiden Angesprochenen standen auf und gingen zur Tür.

„Bei der Zahl bin ich nicht hundertprozentig sicher."

„Kein Problem, meine Leute machen das schon. Sind Sie sicher, dass es nicht noch weitere Zeugen gegeben hat?"

„Ja, schon. Ich stand an der Kreuzung kurz vor dem Gewerbegebiet, da ist nie viel los. Die sind mir gefolgt und als ich an der Ampel stand, haben die Clune aus meinem Wagen gezerrt. Wie gesagt, einer der drei hat mich mit einer Pistole bedroht... Ich konnte nichts -"

„Schon gut, keiner macht Ihnen einen Vorwurf. Noch einen Kaffee?"

„Nein, danke."

„Ich bringe Sie jetzt zu meinem Kollegen, wegen des Phantombilds. Das ist schon sehr hilfreich, dass Sie wenigstens einen gesehen haben."

„Die anderen waren halt alle maskiert."

***

Rita hielt den Mantel eng um sich geschlungen. Sie hatte darunter nichts weiter an als ihr Kostüm und das war für diese Jahreszeit eindeutig zu luftig. Sie stakste mit ihren High Heels über das Pflaster, das die Bäume am Straßenrand an einigen Stellen hochgedrückt hatten, leidlich bemüht, nicht umzuknicken. Zwischen den unbekleideten Beinen baumelten zwei dünne, violette Stoffbahnen aus billigem Polyester. Schließlich hatte sie es geschafft, unfallfrei zu Käthes Haustür zu gelangen und klingelte. Sie war etwas überrascht, als Käthe ihr öffnete. Aus dem Wohnzimmer schallte ihr laute Schlagermusik entgegen.

„Ist Phil da?"

Käthe nickte vielsagend. Ritas kurze Irritation wich wieder dem übermächtigem Gefühl der Vorfreude. Irgendwie war die Alte auch niedlich. Rita war in einer Laune, in der sie die ganze Welt umarmen konnte. Konspirativ legte sie ihren Finger auf den Mund und bedeutete Käthe zu schweigen. Dann nahm sie ihren Mantel ab. Darunter kam ihre sorgsam ausgesuchte Verkleidung zu Tage: Das Prinzessin-Leia-Sklavinnenkostüm! Das Outfit bestand aus einem BH, der mit goldenen Schlangenlinien aus Hartplastik verziert war und einem goldfarbenen Höschenteil, von dem relativ zweckfrei zwei bodenlange Stoffbahnen aus Polyester herabfielen. Abgerundet wurde die Erscheinung durch einen bronzefarbenen Plastikring um den Hals, von dem ein Stück Plastikkette klackernd baumelte. Käthe betrachtete anerkennend Ritas Aufzug. Rita schaffte es nicht, ein albernes Kichern zu unterdrücken. Dann ging sie vorsichtig ins Wohnzimmer. Käthe verringerte die Lautstärke des Fernsehers. Aus dem Schlafzimmer drang ein Poltern. Rita blickte zur Tür.

„Ist er da drin?"

Käthe nickte lächelnd.

„Ja, warte."

Sie ging zu ihrer Blumenbank und holte aus dem Alpenveilchenübertopf einen Schlüssel. Sie ging zur Schlafzimmertür und schloss sie auf. Rita wippte vor Aufregung auf ihren Zehen. Sie hinterfragte nicht, warum das Schlafzimmer abgeschlossen war. Sie akzeptierte es als Teil einer Inszenierung, so wie den Moment, den sie als Kind wartend vor dem Weihnachtszimmer verbringen musste, bevor ihre Mutter es feierlich aufschloss und den Kindern Zugang zu all den ersehnten Herrlichkeiten gewährte. Diesmal war es Käthe, die die Tür vor Ritas Nase öffnete -

„Pie Dschie! Look who is coming!"

- und direkt hinter Rita sicherheitshalber wieder abschloss.

Aus dem Zimmer drangen unverzüglich männliche Protestrufe und der spitze Schrei einer Frau, dem sich ein mehr oder minder unverständliches Gekreische anschloss.

Käthe war zufrieden. Sie hatte alle Verrückten, die seit neuestem in ihrer Wohnung ein- und ausgingen, weggesperrt. Sie nahm die Fernbedienung in die Hand, um Jürgen Marcus gegen die anschwellende Geräuschkulisse aus dem Schlafzimmer zu seinem Recht zu verhelfen.

In dem Moment, als Rita zur Tür hereinkam und den Fremden sah, hinterließ sie der Schock für Sekundenbruchteile sprach- und bewegungslos. Der Fremde war aufgesprungen und kam bedrohlich auf sie zu. Im ersten Moment dachte sie, er wollte zur Tür hinaus, doch dann hielt er sich mit seinen seltsam klebrigen Fingern an ihr fest. Ein Alptraum! Sie konnte sich gewaltsam von ihm losreißen, als sie hörte, wie die Tür hinter ihr abgeschlossen wurde. Ihre Aktion hatte den Angreifer offensichtlich beeindruckt, denn er tastete sich zunächst zum Bett zurück und fing an zu stöhnen. *Mein Gott, ein Perverser*, durchzuckte es Rita. Sie wandte sich, ungeachtet der dunklen Bedrohung in ihrem Rücken der Tür zu und hämmerte nach Hilfe rufend auf sie ein. An der Tür tat sich nichts, stattdessen spürte sie eine Bewegung im Rücken. Der Kerl sollte es nur wagen! Sie blickte verstohlen nach rechts und links. Neben dem Schrank stand eine Plastikflasche, die mit Mineralwasser noch halb gefüllt war. Sie hörte näherkommende schlurfende Schritte im Hintergrund. Sie schrie, doch sie wusste, dass Ihre Hilferufe ungehört verhallten. Im letzten Moment sprang sie vor seinem vermuteten Zugriff zur Seite und schnappte sich die Wasserflasche. Der Mann schwankte und hielt sich an der Tür fest. Noch bevor er sich weiter regen konnte, schlug ihn Rita mit einem Befreiungsschrei die Wasserflasche über den Kopf. Da der Schraubverschluss nicht richtig zugeschraubt war, ergoss sich ein guter Teil des Inhalts beim Ausholen des Schlags auf Rita, bevor der in der Flasche verbliebene Rest über Clunes Schädel niederging. Immerhin war die Wucht des Schlages so gewaltig, dass dieser bewusstlos zu Boden sackte. Rita betrachtete mit Entsetzen das Resultat ihres ungewohnten Körpereinsatzes. Sie schluchzte vor Aufregung leise. Ihre Brust hob und senkte sich und ließ die Plastikkette leise klappern. Im Zimmer war es plötzlich sehr still, so dass es Jürgen Marcus vom Wohnzimmer aus endlich doch noch gelang, seine Botschaft zu verbreiten, dass eine neue Liebe wie ein neues Leben sei...

Ein Schlüssel drehte sich im Schloss. Herbert betrat durch die Eingangstür den Flur zu Käthes Wohnung und lauschte. Alles war verdächtig ruhig. Herbert ging eilig ins Wohnzimmer und fand Käthe, die auf ihrem Fernsehsessel eingenickt war. Er ging zu ihr, weckte sie und flüsterte, in der Hoffnung keine lautstarken Reaktionen aus dem Schlafzimmer zu provozieren:

„Er ist doch noch drin, oder?"

„Ja, ja."

Käthe entwand ihren Arm unwirsch Herberts Griff. Herbert näherte sich vorsichtig dem Türspion. Eigentlich wollte er nicht sehen, was bzw. wen er dahinter verbarg. In den vielen Minuten des Wartens auf der Polizeiwache und auf dem Polizeipräsidium war er unweigerlich ins Denken gekommen, was ihn zunehmend verunsichert hatte. Er wusste nicht weiter. Sein ganzes Leben hatte er damit zugebracht zu tun, was andere ihm vorschrieben. Und sein ganzes Leben lang hatte er sich gewünscht, dass es anders wäre, dass er endlich Herr seiner Entscheidungen sein würde. Bis zu diesem Moment. Er hatte plötzlichen den Drang, sich in sein Taxi zu setzen, den nächsten Fahrgast aufzusammeln und sich sagen zu lassen, was er zu tun hatte. Er atmete tief durch, blickte durch den Türspion und erstarrte. Auf dem Bett saß, die Bettdecke um sich gewickelt, eine pudelnasse Rita, die beleidigt vor sich hin starrte. Auf dem Boden vor ihr lag ein scheinbar regloser Mann.

Herbert brauchte einige Zeit, bis er begriff, dass er nicht träumte. Alpträume hatten im Vergleich mit der Wirklichkeit der letzten zwei Wochen ihren Schrecken für Herbert längst verloren.

„Rita!"

Die Angesprochene blickte halb erschrocken, halb erwartungsvoll zur Tür. Herbert schloss sie auf und betrat den Raum. Immer noch fassungslos blickte er sich um und beugte sich schließlich zu Clune am Boden.

„Mein Gott! Was ist hier passiert?"

Die unerklärliche Anwesenheit Herberts löste in Rita widersprüchliche Gefühle von Erleichterung, Verwunderung und Scham aus, wobei Letzteres langsam die Oberhand gewann. Wie sollte sie ihre Anwesenheit erklären, wie das Kostüm, das sie unter der Bettdecke so weit wie möglich verbarg. Rita, die durchaus noch psychisch angegriffen war, entschloss sich, an Herberts Beschützerinstinkt zu appellieren und auf Mitleid zu setzen. Unter einem glaubhaften Anflug von Tränen klagte sie ihr Leid.

„Irgend so ein Psycho aus der Anstalt ist hier rein und wollte mir an die Wäsche. Es war schrecklich."

Herbert war für den Moment allerdings mehr an Clunes Schicksal interessiert. Im Gegensatz zu Harry hatte Herbert tatsächlich eine Ersthelferausbildung absolviert, um im Falle eines Falles seiner Mutter direkt zur Seite stehen zu können. Er prüfte Clunes Puls und versicherte sich, dass ihm nichts Ernsthaftes fehlte. Dann drängte er Rita, die weiterhin die Decke an sich klammerte, in das Wohnzimmer.

„Was machst du denn hier?" fragte er ungläubig.

Rita sah ihn trotzig an.

„Dasselbe könnte ich dich fragen."

***

„Verdammt, was fragt ihr mich?"

„Du hast schließlich den Falschen erwischt."

„Weil ihr Flachwichser mir die falschen Infos gegeben habt."

Mike trat heftig gegen einen Stuhl, der polternd umfiel. Es durfte einfach nicht wahr sein! Alle Eventualitäten hatte er in nächtelanger Arbeit bedacht und durchgespielt. Der Plan war wasserdicht. Er war sein Meisterstück. Aber wer hätte gedacht, dass seine Leute so minderbemittelt wären, irgendeinen Idioten anstelle von Clune zu kidnappen? Wenn er je aus dieser Sache herauskäme, würde er seine Projekte in Zukunft allein abwickeln ohne diese Vollhorste an seiner Seite. Die Vollhorste standen derweil bewegungslos im Raum und sahen sich schweigend an. Das Schweigen wurde nur vom Nachrichtensprecher unterbrochen. In einer Raumecke stand ein alter Röhrenfernseher, den Mehmet vom Sperrmüll am Straßenrand aufgesammelt hatte und der von Kevin wieder in Stand gesetzt worden war. Freddy wagte sich als erster aus der Deckung.

„Jetzt mach dir mal nicht ins Hemd. Solange Clune verschwunden ist, tun wir einfach so, als hätten wir ihn. Wir machen weiter nach Plan."

Kevin deutete auf den Flur.

„Und was machen wir mit dem?"

Mike ging, gefolgt von Freddy und Kevin, zur Abstellkammer. Er warf noch einmal einen Blick hinein, in der uneingestandenen Hoffnung, dass sie sich ein zweites Mal am heutigen Tage geirrt hätten und hier tatsächlich Phil Clune saß. Aber nein, das war ausgeschlossen. Harry selber hatte sich redlich bemüht, das bedauerliche Versehen aufzuklären und das in lupenreinem Deutsch. Doch entgegen seiner Hoffnung ließ man auch nach dem zweifelsfrei erkannten Irrtum nicht von ihm ab. Harry musste erleben, dass keine seiner üblichen Charmeoffensiven und Verhandlungsstrategien in diesem Milieu verfingen. Die Hände waren ihm gebunden und auch sein Redefluss war angesichts eines breiten Kabelisolierbandes versiegt. Mike betrachtete ihn angewidert.

„Der bleibt erst mal hier."

Kevin blickte Harry fragend an.

„Wer ist das überhaupt?"

***

„Dein Bruder???"

Herbert nickte kleinlaut und wagte nicht, Rita in die Augen zu sehen. Sie hatte inzwischen die Bettdecke gegen ihren Mantel ausgetauscht und saß dem zusammengesackten Herbert im Fernsehsessel gegenüber.

„Ja, es tut mir Leid."

„Und der da drinnen?"

Rita machte eine verhaltene Kopfbewegung hin zur Schlafzimmertür.

„Der Echte!"

Rita ließ sich überwältigt in den Sessel zurücksacken.

„Au Scheiße!"

So peinlich Herbert auch sein Geständnis vor Rita sein mochte, so erleichtert war er doch, sich offen seine Not von der Seele reden zu können.

„Ich weiß, ich hab einfach nicht nachgedacht. Ich – verdammt, wenn ihm jetzt was passiert ist! Ich kann nicht. Ich – Ich – Scheiße, ich geh zur Polizei und erzähl alles."

Herbert war aufgesprungen, doch Rita hielt ihn auf.

„Bist du wahnsinnig? Hör mal, das ist das Genialste, was du überhaupt machen konntest! Was meinst du, was die Polizei alles dransetzt, um die Entführer von Phil Clune zu fangen! Du glaubst doch wohl nicht, dass die auch nur halb so viel Aufwand für deinen bekloppten Bruder betreiben."

Herbert, der so kurz davor gestanden hatte, eine eigene Entscheidung zu treffen, war erneut verunsichert. Er blickte Rita hilflos an. Rita, die immer so gradlinig und pragmatisch durchs Leben ging, womöglich hatte sie Recht. Sie wusste bestimmt besser, was zu tun war.

Rita begann derweil aufgeregt im Zimmer auf und abzumarschieren. Zunächst einmal ging es ihr darum, von den unrühmlichen Geschehnissen der jüngsten Vergangenheit abzulenken und Herberts Blick darauf zu richten, was als nächstes zu tun sei. Je mehr sie über die Angelegenheit nachdachte und Pläne für Herbert schmiedete, desto mehr Gefallen fand sie an der Sache.

„Das ist doch ein supergeiles Versteck! Unter den Verrückten hier fällt der doch gar nicht auf."

Rita spürte Herberts Hilflosigkeit und seine nur zu willige Bereitschaft, ihr in allem Folge zu leisten. Das war ein Abenteuer ganz nach ihrem Geschmack: Sie zog die Fäden, wusste aber, wenn es hart auf hart käme, wäre Herbert der Verantwortliche, der zur Rechenschaft gezogen werden würde. Mit dieser Gewissheit im Hinterkopf ließ sich alles entspannt angehen.

„Wir müssen versuchen ihn ruhig zu stellen. Bekommt deine Mutter irgendwas zur Beruhigung?"

„Was?"

„Tabletten!"

Aus dem Schlafzimmer war ein Stöhnen zu hören. Herbert schreckte panisch auf.

„Er wird wach!"

Als hätte es dieses Adrenalinstoßes bedurft, um seine Denkprozesse in Gang zu setzen, fiel ihm ein:

„Schlaftabletten! Mutti hat starke Schlaftabletten."

Während Herbert ins Badezimmer hastete, war hinter der Schlafzimmertür ein beängstigendes Brüllen zu hören, das auch Rita unwillkürlich zusammenzucken ließ. Herbert kam mit einem Tablettenblister und einem Glas Wasser zurück. Er blickte auf die Utensilien in seiner Hand und stockte.

„Aber wie soll ich ihm die Tablette geben? Freiwillig nimmt er sie bestimmt nicht."

Wie zur Bekräftigung war erneut ein unheilvolles Brüllen hinter der Tür zu vernehmen. Rita stand auf.

„Na, mit Gewalt natürlich!"

Herbert starrte Rita ängstlich an.

„Komm schon, ich helfe dir auch."

Sie zog Herbert am Arm. Herbert hatte Ritas Willen nichts entgegenzusetzen. Er konnte und wollte ihr Hilfsangebot nicht ausschlagen, auch wenn er merkte, dass er sich damit auf ein unsicheres Abenteuer einließ. *Die wahren Abenteuer sind im Kopf und sind sie nicht in meinem Kopf, dann sind sie nirgendwo.* Wie oft spukte ihm das schnarrende „nirrrgendwo" der Stimme André Hellers im Ohr. Herbert mochte den Text, denn er enthielt eine zweifache Sicherheit: Er gab ihm die Rechtfertigung für seine Tagträume und versicherte ihm ebenso, dass er etwas Vergleichbares in der Wirklichkeit nicht zu befürchten hatte - bis jetzt jedenfalls.

„Du solltest dich vorher besser maskieren."

„Was?!"

„Zieh dir was über, damit er dich nicht erkennt."

„Aber er hat mich doch schon gesehen."

„Da bist du aber nicht gewalttätig geworden. Er ist schließlich freiwillig mit dir hier reingegangen oder?"

„Na ja..."

Käthe, die die allgemeine Aufregung genutzt hatte, unbehelligt eine Tafel Schokolade in der Küche zu essen, stand in der Küchentür und beobachtete die Beiden argwöhnisch. Rita begann derweil, sich im Wohnzimmer umzusehen.

„Mütze oder Strümpfe. Hier muss es doch irgendetwas geben."

Sie entdeckte Harrys Reisetasche neben dem Sofa, öffnete sie und begann, darin herumzuwühlen.

„Ich hab was!"

Clune staunte nicht schlecht, als er sich dem seltsamen Empfangskomitee gegenüber sah. Vor ihm stand eine deutlich gealterte Prinzessin Leia mit blondierten Haaren und daneben ein schmächtiger Darth Vader, der sich nur durch seinen Helm als solcher zu erkennen gab. Das Ganze wirkte wie aus einer drittklassigen, klamaukhaften TV-Serie, so dass Clune nur zu einer Schlussfolgerung kommen konnte.

"Okay, people, I can see what's going on here. So now you've all had a laugh – can we turn the cameras off? What goofy show is this for, anyway? Candid Camera? I just hope for your sakes, that you got the all clear from my producer. He certainly won't be too pleased about losing a day on set."

Darth Vader blickte unschlüssig zu Prinzessin Leia, in deren schweißnassen Händen sich zwei Tabletten langsam aufzulösen begannen. Clune wollte kein Spielverderber sein, schon gar nicht, solange er versteckte Kameras auf sich gerichtet glaubte. Da er jedoch einen potentiellen Bänderriss für keine passende Voraussetzung für einen Scherz hielt und sein Kopf weiterhin von der Attacke schmerzte, fiel es ihm zunehmend schwer, hier noch joviale Gelassenheit auszustrahlen. Da auch nach längerer Pause kein deutscher Samstagabendshowmoderator hinter dem Kleiderschrank hervorkam und ihm lachend auf die Schulter klopfte, schlug er einen deutlich härteren Ton an.

„Okay, could someone be so kind as to drive me back to the studio?"

Um seinen Worten Nachdruck zu verleihen, stand er vom Bett auf und ging, so zügig er es mit dem schmerzenden Fuß vermochte, in Richtung Tür. Jetzt galt es! Die Zeit der Überlegungen war vorbei. Rita und Herbert schmissen sich Clune in den Weg und schoben ihn unter lautem Protestgeschrei auf das Bett. Dabei stieß Clune schmerzhaft mit dem Kopf gegen Herberts Helm. Er taumelte, was Rita die Gelegenheit gab, ihn aufs Bett zu drücken und sich auf ihn zu setzen. Herbert drückte dabei mit aller Kraft seinen Kopf nach unten und hielt mit einer Hand seine Nase zu. Rita stopfte ihm schnell eine der Tabletten in den Rachen.

„Wasser schnell!"

Herbert hatte das Wasserglas im Wohnzimmer vergessen. Doch glücklicherweise lag die malträtierte Mineralwasserflasche in unmittelbarer Reichweite. Er angelte nach ihr und gab sie Rita.

„What the hell...?"

Rita spülte die Tablette mitsamt dem erneut aufkeimenden Protest Clunes Rachen hinunter und schob direkt die zweite Tablette nach. Clune prustete und rang nach Luft, bevor sich der Rest Wasser über ihn ergoss. Im Türrahmen war derweil eine dritte Gestalt in einem grauen Umhang aufgetaucht.

Während Rita und Herbert im Schlafzimmer mit der Medikamentenverabreichung beschäftigt waren, hatte sich Käthe im Raum umgesehen. Sie wollte bei dem Spaß nicht außen vor stehen und war ebenfalls bemüht, eine Maskierung zu finden. Aus einer Schrankschublade holte sie eine alte, dunkelgraue, grobmaschige Tischdecke. Sie legte sich die Tischdecke über den Kopf, so dass sie durch die Maschen zwar noch hindurchsehen konnte, aber ihr Gesicht bis auf den Mund verdeckt war. Sie trat in den Türrahmen und betrachtete das Geschehen. Angesichts der tumultartigen Szene verzog sich ihr faltiger Mund in ein hämisches Grinsen.

„Im Fall des entführten US-Schauspielers Phil Clune haben sich bislang keine neuen Erkenntnisse ergeben. Wie der Pressesprecher der zuständigen Ermittlungsbehörde in der heutigen Pressekonferenz mitteilte, wird weiterhin in alle Richtungen ermittelt."

Herbert stierte ausdruckslos auf den Fernsehbildschirm. Vier Tage, die ihm wie Wochen vorkamen, waren vergangen und die Polizei hatte nichts zu Wege gebracht. Mehrfach war er vernommen worden und hatte brav seine Geschichte wiederholt. Ein von Tag zu Tag nervöser werdender Kommissar Kramer wich seinen drängenden Fragen nach dem Stand der Ermittlungen zunehmend aus, während einer seiner Mitarbeiter ihm in einem unbeobachteten Augenblick zugestand, dass man weiterhin völlig im Dunkeln tappte. Wie lange sollte das noch weitergehen? Unwillkürlich warf er einen Blick auf die Schlafzimmertür, die sich gerade öffnete. Rita kam mit einem leeren Tablettenblister aus dem Schlafzimmer und schloss es ab.

„Ich muss mit meiner Cousine telefonieren. Wir brauchen neue Tabletten."

„Wir können ihn doch nicht die ganze Zeit mit diesen Medikamenten vollpumpen!"

„Fällt dir was Besseres ein?"

Rita ranzte ihn an. Herbert fiel ihr zunehmend auf den Wecker mit seinen Neurosen, Ängsten und Skrupeln. Sie riss sich hier den Arsch für ihn auf, organisierte für ihn starke Beruhigungsmittel, die sie ihrer Cousine, die in einer Apotheke arbeitete, mühselig abschwatzte, war jeden Tag da, um Herbert zu helfen, den unter Drogen gesetzten, Clune zu versorgen. Und statt auch nur einen Anflug von Dankbarkeit zu zeigen, mäkelte er dauernd an ihr herum. Zugegebenermaßen hatte für Rita das Abenteuer schnell seinen Reiz verloren. Die Polizei tappte im Dunkeln, nichts ging voran und Harry war aller Wahrscheinlichkeit nach eh schon tot. Und so ertappte sie sich dabei, wie sie insgeheim an Plan B bastelte, der vorsah, sich aus der ganzen Sache baldmöglichst zu verabschieden.

Herbert saß gebeugt auf dem Sofa, die Ellbogen auf seinen Knien und hielt seinen Kopf mit beiden Händen umklammert. Nervös fuhr er sich mit den Händen durch sein Gesicht. Entschuldigend setzte er hinzu:

„Ich hätte nicht gedacht, dass es so lange dauert."

Herbert wollte Rita nicht verärgern. Was hätte er ohne sie gemacht? Die letzten Tage hatten ihn um Jahre altern lassen. Rita hatte Medikamente organisiert. Es war nicht leicht gewesen, die angemessene Dosierung zu finden. Am Anfang war sie zu stark, so dass Clune kaum bei Bewusstsein war. Herbert hatte darauf bestanden, die Dosierung zu reduzieren. Er musste doch zwischendurch essen und trinken! In den letzten beiden Tagen konnte er allein essen, so dass sie ihm nur eine Schüssel ans Bett stellen mussten. Unter den Milchreis mischte dann Herbert die nächste Tablette.

„Ich hole eine neue Packung. Gib mir Geld."

Herbert war nicht böse über den Befehlston, den sich Rita in den letzten Tagen ihm gegenüber zugelegt hatte. Dies zeigte nur, dass sie die Sache in der Hand und unter Kontrolle hatte. Eilfertig lief er in den Flur und kramte sein Portemonnaie aus der Manteltasche.

„Ich komm morgen wieder. Für heute reicht es noch. Ich habe ihm sein Essen hingestellt."

„Reicht das? Ich muss gleich selber noch einkaufen gehen."

Mit einem kurzen Kopfnicken, aber ohne ein weiteres Wort des Abschieds steckte Rita die angebotenen Hunderteuroscheine ein und verließ die Wohnung.

Im Schlafzimmer richtete sich der aus dem Mittagsschlaf erwachte Clune langsam im Bett auf. Er griff mechanisch zum Teller, den Rita auf dem Nachttisch abgestellt hatte. Apathisch rührte er mit dem Löffel in der Milchreispampe. Seine Aufmerksamkeit richtete sich plötzlich auf ein ungewöhnlich großes und dickes Reiskorn, das am Löffel klebte. Er nahm den Löffel aus dem Teller und schüttelte das seltsam mutierte Reiskorn ab. Er fing an zu essen. Mit jedem Bissen drängte sich die ungewohnte Umgebung mehr in sein Bewusstsein. Je mehr Fragen ihn kamen, desto langsamer aß er, bis er schließlich innehielt und einen fragenden Blick auf das breiige Zeugs richtete, dass er aus unerfindlichen Gründen in sich hineinstopfte. Er stellte den Teller beiseite und begann, sich im Zimmer genauer umzusehen. Schließlich ging er zur Tür. Die Tür war abgeschlossen.

Käthe hatte Herberts Einkaufstour dazu genutzt, die Süßwarenvorräte in der Küche zu dezimieren, obwohl die Vorsicht in den letzten Tagen nicht mehr nötig war. Herbert war so mit dem Verrückten in ihrem Zimmer beschäftigt, dass Käthe völlig aus seinem Gesichtsfeld geraten war und er sie machen ließ, was sie wollte. Sie hatte die Anwesenheit des Fremden aus diesem Grund zunächst durchaus toleriert. In letzter Zeit wuchs jedoch die Eifersucht auf den unfreiwilligen Gast. Außerdem wollte sie endlich ihr Bett zurück. Dr. Marthaler sollte sich gefälligst eine andere Unterbringung für seine Patienten aussuchen. Während Käthe noch ihren Gedanken nachging, hörte sie wieder Klopfen und Hilfeschreie aus dem Schlafzimmer. Wenn er jetzt wieder laut würde, wäre es mit ihrer Geduld endgültig vorbei.

Nachdem alles Klopfen und Hämmern an der Tür keinen Erfolg gezeitigt hatte, wandte sich Clune dem Fenster zu, vor dem ein schmiedeeisernes Gitter jeden Fluchtgedanken durchkreuzte. Er öffnete das Fenster und sah auf die Gartenanlage, durch die sich in gut dreißig Meter Entfernung ein Weg schlängelte, auf dem sich eine Frau mit Dackel näherte. Clune fing an, um Hilfe zu rufen und zu winken. Die Frau guckte kurz irritiert und beeilte sich dann, mit ihrem Hund außer Sichtweite zu gelangen. Clune wartete zwangsläufig, bis sich der nächste Passant näherte und er erneut rufend und winkend auf sich aufmerksam machen konnte. Doch auch jetzt musste er feststellen, dass der Mann ihn nicht beachtete, wie auch alle weiteren Personen, die er auf sein Schicksal aufmerksam machen wollte. Niemand interessierte sich für seine Hilferufe, manche blickten noch nicht einmal auf. Es war zum Verrücktwerden! Verärgert verließ er seinen Posten am Fenster und ließ sich frustriert auf das Bett fallen. Sein Blick wanderte durch den Raum. Irgendeine Möglichkeit musste es doch geben, auf sich aufmerksam zu machen.

Schwester Jutta durchmaß entschiedenen Schrittes den Park, der die Seniorenanlage umgab. Aus der Ferne hatte sie wieder eine Horde herumlungernder Jugendlicher beobachtet. Sie hatte in den letzten Monaten immer wieder Probleme mit Cliquen gehabt, die den Park dazu nutzten, Alkohol und möglicherweise auch härtere Rauschmittel zu konsumieren. Natürlich konnte sie den Kindern nicht verbieten, durch den Park zu gehen, der öffentlich zugänglich war, aber sie würde verhindern, dass sie sich irgendwo häuslich niederließen. Die Jugendlichen standen in einem Grüppchen zusammen und stierten in ein Fenster, aus dem ein roter Lichtstrahl drang. Schwester Jutta näherte sich von hinten der feixenden Gruppe.

„Ey, guck dir den an."

Das hatte noch gefehlt, dass sich die Kinder über die Patienten lustig machten. Sie drängelte sich durch die kichernden Chucksträger.

„Was ist denn hier los?"

Die Menge der grinsenden Jugendlichen teilte sich vor Jutta und gab ihr freie Sicht auf das Spektakel, das sich am Schlafzimmerfenster von Käthe Maletzkes Seniorenwohnung abspielte: Im Rotlicht einer Infrarotlampe erblickte sie den nackten Körper eines Mannes, der offensichtlich alles daran setzte, Aufmerksamkeit zu erregen. Schwester Juttas Gesicht gewann plötzlich an Farbe. Ob durch den roten Widerschein der Lampe oder aus innerer Veranlassung, war dabei nicht eindeutig zu entscheiden.

Heimleiter Wiegand blätterte in seinen Akten. In seinem Büro waren noch der zuständige Arzt Dr. Marthaler und die noch von der Auseinandersetzung mit den Jugendlichen erhitzte Schwester Jutta versammelt, die auf weitere Order warteten.

„Käthe Maletzke? Der einzige Mann, der sich dort aufhalten könnte, ist der Sohn."

„Ausgeschlossen! Wir sollten uns das besser mal ansehen."

Herbert hatte gerade seine Einkäufe auf dem Küchentisch abgestellt, als sein Handy klingelte. Es durchzuckte ihn. Er wurde nur selten angerufen und wenn steckte dahinter meist irgendein Problem. Auch diesmal bestätigte sich seine Vorahnung. Er erkannte die Stimme am anderen Ende der Leitung nicht auf Anhieb und so dauerte es eine Weile, bis er begriff, dass er mit Harrys Arzt in Hamburg sprach, der auf der Suche nach einem verschollenen Patienten war.

„Ihr Bruder hat sich nicht mehr gemeldet und ist seit fünf Tagen überfällig. Wir haben uns Sorgen gemacht. Wenn er bei Ihnen ist, sind wir erst einmal beruhigt. Dennoch sollten Sie ihn bis spätestens zum Ende dieser Woche wieder zurückschicken. Ich würde Sie sicherheitshalber bitten, ihn zu begleiten."

Herbert standen die Schweißperlen auf der Stirn. Derweil beobachtete Käthe, die gelangweilt am Küchentisch saß, durch das Küchenfenster, wie sich Dr. Marthaler in Begleitung der Heimleitung ihrer Wohnung näherte.

„Ja, ja ich kümmere mich darum... Selbstverständlich!"
Käthe stand auf und stellte sich Herbert in den Weg.

„Sie hören von mir."

Käthe zupfte ungeduldig an Herberts Ärmel. Herbert beendete das Gespräch.

„Dr. Marthaler kommt."

Die Türklingel schellte. Herbert wurde kreidebleich.

„Wer? Was?"

Käthe machte sich auf den Weg in den Flur.

„Hoffentlich holen sie endlich den Verrückten ab. Ich möchte wieder in mein Bett."

Während Herbert noch in Schockstarre in der Küche stand, öffnete Käthe die Haustür und ließ die beiden Männer herein. Sie führte sie schnurstracks ins Wohnzimmer und deutete auf die Schlafzimmertür.

„Ja, ja. Da drin, da drin ist der Mann."

Herbert hatte zunächst den Impuls, über den Balkon zu fliehen, aber nun standen die beiden Männer schon im Wohnzimmer und sein Fluchtweg war abgeschnitten. Marthaler hatte soeben festgestellt, dass die Tür zum Schlafzimmer abgeschlossen war. Er rappelte an der Klinke, woraufhin sofort laute Hilferufe aus dem Zimmer drangen.

„Wo ist der Schlüssel?"

Käthe Maletzke deutete auf die Küchentür.

„Fragen Sie meinen Sohn."

Herbert konnte der Begegnung nicht mehr ausweichen. Er wollte sein Schuldbewusstsein nicht zu offensichtlich werden lassen und so stürmte er mit dem Mut der Verzweiflung in die verloren geglaubte Schlacht. Wiegand zögerte nicht lange.

„Herr Maletzke, ich -"

„Ich kann alles erklären..."

Herbert starrte verzweifelt auf sein Handy, das er wie seinen letzten Strohhalm umklammert hielt.

„Äh... wissen Sie... Also ich wollte mich schon die ganze Zeit bei Ihnen melden, aber immer kam etwas dazwischen. Also...“

Während Herbert versuchte, Zeit zu schinden, arbeitete sein Gehirn auf Hochtouren. Unweigerlich fiel ihm Harry ein. Harry hatte in solchen Situationen immer eine Ausrede parat. Aber er war nun mal nicht Harry... Harry!

„Harry! Wissen Sie, wir haben meinen Bruder zu Gast. Mein Bruder ist Patient, ja, ja in der Psychiatrie, in Hamburg. Ich habe gerade mit seinem Arzt gesprochen.“

Er hob wie zum Beweis das Handy in die Höhe.

„Aber er hatte Ausgang und ich dachte, er bliebe in dieser Zeit besser unter Aufsicht. Also haben wir ihn hier untergebracht.“

Herbert sah, wie sich Wiegands Gesichtszüge bedrohlich verfinsterten.

„Ich war auch immer dabei -“

„Herr Maletzke, Sie wissen, dass das hier kein Hotel ist...“

Das Geschrei aus dem Schlafzimmer intensivierte sich. Dr. Marthaler nahm sein Funkgerät aus der Tasche und forderte vorsorglich Verstärkung an. Herbert kämpfte tapfer gegen die Geräuschkulisse.

„Ich hatte ihn zuerst in meiner Wohnung, aber er hatte einen Rückfall. Ich konnte ihn nicht nach Hamburg zurückschicken und da dachte ich, dass er hier...“

Herbert wusste nicht weiter und blickte verunsichert zur Tür. Wiegand war ungehalten.

„Warum haben Sie ihn nicht in der Klinik vorgestellt? Sie können ihn hier doch nicht einfach wegschließen.“

„Er ist gewalttätig!“

An der Tür ertönte wie zur Bestätigung ein heftiges Klopfen. Wiegand wandte sich an Marthaler.

„Hol Verstärkung, Lorenz.“

„Schon geschehen.“

Wiegand wandte sich wieder Herbert zu.

„Schildern Sie uns sein Problem."

„Wahnvorstellungen. Persönlichkeitsstörung."

„Komm Lorenz, wir sehen ihn uns mal an. Bitte schließen Sie die Tür auf."

Mit zittrigen Fingern holte Herbert den Schlüssel aus seiner Hosentasche. Der Moment der Wahrheit war gekommen. In seiner Verzweiflung warf Herbert seine letzte Nebelkerze.

„Er hält sich für Phil Clune!"

Marthaler öffnete die Tür, während Wiegand Herbert zur Seite drängte.

„Sie warten besser draußen."

Die Tür schloss sich vor Herberts Nase. Der Boden wankte unter seinen Füßen. Taumelnd wandte er sich ab. Er blickte auf und gab vor Schreck einen unterdrückten Schrei von sich: Unbemerkt waren zwei kräftige junge Männer vom Klinikpersonal in das Wohnzimmer eingetreten. Einer von beiden trug eine Zwangsjacke in der Hand. Herbert hatte im ersten Moment das Gefühl, die Beiden kämen seinetwegen, doch der Jüngere, den er vom Sehen kannte, grüßte ihn freundlich. Herbert wich dennoch instinktiv zurück. Die Stimmen hinter der Tür wurden lauter und die Tür ging auf. Ein inzwischen wieder angezogener Clune redete aufgebracht auf Marthaler ein.

„I insist that you inform the police immediately!"

Marthaler spulte sein professionelles Deeskalationsprogramm ab und nickte beruhigend. Clune blickte auf und sah Herbert. Er ging bedrohlich auf ihn zu.

„That's the man!"

Marthaler stellte sich zwischen Clune und den ängstlich zurückweichenden Herbert.

„Beruhigen Sie sich."

Clunes Stimme überschlug sich.

„He has been holding me here against my will. Get the police!"

Marthaler hielt ihn am Arm fest. Er blickte die beiden Männer vom Klinikpersonal an, die sich in Positur begaben. Clune schüttelte Marthalers Arm wie eine lästige Fliege ab.

„Let me go!"

Marthaler, der mit seinen Worten bislang nicht viel erreichen konnte, versuchte, sich auf das Spiel des Patienten einzulassen und antwortete ihm diesmal auf Englisch.

„Everything will be alright."

Clune verlor vollends die Kontrolle und ging auf Marthaler los.

„No, it's not alright!"

Marthaler versuchte, ihn am Arm zu fassen. Doch Clune begann, wild um sich zu schlagen. Wiegand gab den Männern ein Zeichen, die den zeternden Clune von beiden Seiten packten und ihn mit wenigen, professionell ausgeführten Handgriffen in die Zwangsjacke steckten. Unter lautem Protest führten die Männer Clune aus der Wohnung gefolgt vom Heimleiter. Aus dem Flur hallte noch seine Stimme.

„No, my name is Clune, PHIL CLUNE!!"

Dann kehrte langsam Stille ein. Marthaler hatte einen Zettelblock aus seinem Arztkittel gezogen und notierte etwas, während Herbert zitternd und bleich im Raum stand. Er war sich noch nicht sicher, wie er das eben Erlebte zu interpretieren hatte. Konnte das bedeuten, dass man seiner Geschichte wirklich glaubte? Vorsichtig versuchte er, Klarheit darüber zu finden.

„Seit der Entführung ist er ganz durcheinander. Er war schon immer ein großer Fan von -"

Marthaler hatte seine Notizen beendet und unterbrach ihn.

„Sagen Sie nichts. Es wird Zeit, dass diese leidige Geschichte endlich aufgeklärt wird. Die ganze Welt spielt verrückt. Für meine Patienten ist das gar nicht gut."

Er steckte Stift und Block zurück in die Brusttasche seines Kittels. Dann sah er auf und traf Herberts unsicher fragenden Blick.

„Er ist schon mein vierter Phil Clune in dieser Woche."

Marthaler wandte sich zum Gehen und ging in den Hausflur. Herbert folgte ihm ungläubig. Marthaler gab ihm zum Abschied die Hand. Er betrachtete Herbert genauer. Der arme Kerl sah schon reichlich mitgenommen aus. Kein Wunder. Er musste sich allein um die demente Mutter kümmern und hatte jetzt auch noch den geisteskranken Bruder am Bein. Marthaler hatte angesichts des Häufchen Elends vor sich, das dringende Bedürfnis, etwas Aufheiterndes zu ihm zu sagen. Er klopfte ihm jovial auf die Schulter und zwinkerte ihm aufmunternd zu.

„Aber Ihr Bruder war bislang der Beste!"

„Nun hör schon auf, dich verrückt zu machen."

Ritas Stimme dröhnte gewohnt entnervt aus dem Handy. Herbert saß wieder zuhause in seiner Wohnung und brütete über seinem Laptop. Nachdem er die letzten vier Tage zur Sicherheit in der Wohnung seiner Mutter verbracht hatte, war er wieder in seine eigene Wohnung zurückgekehrt. Die gewohnte Ordnung kam ihm wie Hohn vor, angesichts der Geschehnisse der letzten Tage, die sein Leben völlig umgekrempelt hatten. Die Galerie seiner Autogrammkarten wagte er kaum noch anzusehen. Der Zauber war dahin. In ihrer Mitte klaffte ein schmerzendes, schwarzes Loch, das all die Freude verschlang, die er je bei ihrer Betrachtung empfunden hatte.

„Ihm passiert da doch nichts."

Herbert wurde angesichts Clunes wiedererwachten Bewusstseins von einem rasend schlechten Gewissen geplagt. In den vier Tagen, die Clune sediert in Käthes Wohnung verbracht hatte, konnte Herbert, wenn er denn überhaupt zum Denken kam, sich von Rita einreden lassen, Clune würde von all dem nichts mitbekommen. Jetzt saß er jedoch bei vollem Bewusstsein isoliert in der geschlossenen Abteilung. Dr. Marthaler hatte ihn nur einen Blick durch den Türschlitz werfen lassen, da eine direkte Begegnung den Patienten zu sehr aufregt hätte. Das Bild des einsamen, in seinem vergitterten Zimmer hockenden Mannes ließ ihn nicht mehr los.

„Ich weiß einfach nicht, was ich tun soll."

Rita rollte am anderen Ende der Leitung mit den Augen. Sie hatte definitiv keine Lust mehr, sich weiterhin für Herbert Gehirnschmalz abzuringen. Ihr war die Verlegung Clunes ganz recht, da sie darin den willkommenen Anlass sah, sich aus dem ganzen Schlamassel zurückzuziehen. Was ging sie die Sache überhaupt an?

„Einfach Ruhe bewahren. Da kommt Kundschaft. Ich muss los."

Rita hatte aufgelegt. Herbert ließ das Handy kraftlos sinken. Auch Ritas Engagement in seiner Sache, das ihn anfangs getragen hatte, war merklich geschwunden. Er war wieder auf sich allein gestellt. Ziellos surfte er im Internet in der Hoffnung auf eine zumindest kurzweilige Ablenkung. Doch das Bild von Clune in der Zelle ließ ihn nicht los. Da er sowieso an nichts anderes denken konnte, erlaubte er sich schließlich, Artikel über Phil Clune im Internet zu lesen und so zu versuchen, das Bild aus der Zelle mit all den Filmbildern die Hollywood von Clune zu bieten hatte, zu überlagern. Herbert stieß auf ein Interview, in dem Clune seine Leidenschaft für alte Schreibmaschinen offenbarte.

Clunes Sammelleidenschaft brachte Herbert auf eine Idee. Er hatte von seinem Vater eine alte Schreibmaschine geerbt. Ein Antiquitätenhändler hatte ihm auf seine Anfrage hin bestätigt, dass sie in tadellosem Zustand sei und dass in Sammlerkreisen für ein solches Modell beachtliche Summen gezahlt würden. Herbert hatte jedoch nur aus Neugierde gefragt. Er hatte nie die Absicht gehabt, sich von der Schreibmaschine zu trennen. Er wusste, wie sehr sein Vater daran gehangen hatte. Als Kind hatte er als Belohnung für besonderes Wohlverhalten unter der strengen Aufsicht seines Vaters darauf tippen dürfen. Was ihm diese Maschine jedoch besonders ans Herz legte, war der Umstand, dass es Harry niemals erlaubt war, sich der Schreibmaschine auch nur zu nähern. Es war eines der ganz wenigen Dinge, wenn nicht vielleicht das einzige, das Harrys Zugriff entzogen und allein Herbert vorbehalten war. Herbert arbeitete sich in die Untiefen seines Kleiderschranks vor und zog einen antiquierten braunen Kasten heraus. Er stellte den Kasten auf seinen Schreibtisch, öffnete ihn und betrachtete mit Wehmut den Inhalt. Er fuhr noch einmal mit den Fingern über die Tasten, doch sein Entschluss stand fest.

Noch am gleichen Abend machte sich Herbert daran, einen Brief an Clune zu verfassen, der ihm die Lage erklären und Herberts Gewissen ein klein wenig erleichtern sollte. Er hatte sein altes Deutsch-Englisches Schulwörterbuch ausgegraben, um sich bei allen verwendeten Vokabeln abzusichern. Mehrere Stunden hatte er so zugebracht, als sein Drucker schließlich ein Blatt mit folgendem Text ausspie:

„Dear Mr. Clune. I am awfully sorry about the situation you are in. Please believe that I do not mean you any harm. But the life of my brother is in danger and you are the only one who could help me out of this mess. I do not expect you to understand all this. But be assured that you are safe and hopefully will be restored to freedom soon. As a sign of my respect please accept this typewriter as a present. I hope your further stay will be as short as possible. Yours sincerely Herbert

P.S. I know about another nice typewriter. If this takes much longer, I shall send it to you too."

Herbert nahm das Blatt und las intensiv Korrektur. Er fand noch mehrere kleine Tipp- und Zeichensetzungsfehler und druckte den Brief nach jeder Korrektur neu aus. Er hatte das dumpfe Gefühl, dass er in den letzten Tagen zu viele Fehler gemacht hatte. Wenigstens dieser Brief sollte fehlerfrei sein. Mittlerweile war es drei Uhr morgens. Er faltete das Papier und steckte den Brief in einen Umschlag, den er auf der Schreibmaschine ablegte. Immerhin war er bei der Aktion müde geworden. Er hoffte, den Rest der Nacht schlafen zu können, im Gegensatz zu so mancher vorangegangenen Nacht.

Am nächsten Morgen ging Herbert in seinen kleinen Kellerverschlag, um einen Umkarton für sein Präsent zu holen. Herbert wurde fündig und versenkte andächtig die Schreibmaschine in einem alten Paket. Als letztes nahm er den Brief und legte ihn in den offenen Karton.

Herbert hatte den Karton schon dem Klinikpersonal überreicht, als er in einer plötzlichen Anwandlung den Umschlag aus dem Paket schnappte. Die Pflegerin sah ihn erstaunt an.

„Oh Tschuldigung. Da lag noch die Rechnung drin, hab ich vergessen."

In letzter Sekunde war ihm der Gedanke gekommen, dass vielleicht jemand Unbefugtes den Brief lesen und die wahre Identität des Patienten Maletzke herausfinden könnte. Außerdem erschienen ihm seine Worte mit einem Mal als unzulänglich, unangebracht und peinlich. Während er zurück zu Käthes Wohnung eilte, knüllte er das mit so großer Sorgfalt erstellte Schriftstück der letzten Nacht in seiner Jackentasche zusammen.

In der geschlossenen Abteilung öffnete sich derweil eine Tür.

„Hier ist ein Geschenk von Ihrem Bruder, Herr Maletzke."

Es sollte nicht das letzte Geschenk bleiben. Wenn auch Herbert Clune die Erklärung schuldig blieb, so wollte er wenigstens die Stimmung mit weiteren Schreibmaschinen aufhellen. Er hatte seinen normalen Taxialltag wieder aufgenommen und verbrachte seine Freizeit damit, alte Schreibmaschinen aufzukaufen, mit denen er Clunes Zimmer vollstellen ließ. Womit er nicht gerechnet hatte war, dass er während einer Fuhre ausgerechnet in einem der elendsten Viertel der Stadt auf dem Sperrmüll eine alte Schreibmaschine entdeckte. Kurzerhand hielt er am Straßenrand und lud die Beute ein. Zu Hause angekommen warf er einen näheren Blick darauf. Die Maschine war ziemlich verdreckt. Er würde sie reinigen müssen, insbesondere die Walze. Herbert sah genau hin. Im ersten Moment dachte er, er hätte eine Halluzination. Nach all dem Stress wäre dies wenig verwunderlich! Es würde sich sicherlich bei genauerem Hinsehen als Täuschung erweisen. Er schaltete seine Schreibtischlampe an. Und jetzt sah er es zweifelsfrei. Auf der Walze konnte er den Abdruck der Worte ‚phil clune' erkennen. Herbert kramte hektisch in seinen Schreibtischschubladen, bis er ein vergilbtes Löschpapier fand. Er holte sein Dampfbügeleisen und befeuchtete das Papier. Danach spannte er das Blatt ein und zog es langsam und über durch die Walze. Die Druckerschwärze hinterließ fast nur unleserliche Flecken, doch an einer Stelle war der Schriftzug „haben phil clune in unserer gewalt" verschwommen, aber eindeutig zu lesen.

***

Michael preschte mit eiligen Schritten zu Kramers Büro und riss die Tür auf.

„Wir haben eine Spur. Wir haben den Wagen der Entführer."

„Endlich!"

Kommissar Kramer knallte in einer Art Befreiungsschlag beide Handflächen auf den Schreibtisch, so dass sein Kaffee aus der Tasse schwappte. Doch die besudelte Akte war ihm egal. Wie hatte er in den endlos scheinenden letzten Tagen auf diese erlösende Mitteilung gewartet! Sein anfängliches Erstaunen darüber, als wie zäh sich dieser Fall erweisen sollte, wich im Laufe der Zeit immer größerer Wut und Frustration. Er und seine Sonderkommission kamen trotz aller Bemühungen einfach nicht voran. Und Kramer merkte bald, dass die gesteigerte öffentliche Aufmerksamkeit sich durchaus als Fluch entpuppen könnte. Bei zu vielen Pressekonferenzen hatte er wortreich umschreiben müssen, dass es letztlich nichts Neues gab und die Ermittlungen bislang im Sande verlaufen waren. Die Nachfragen der Pressekanaille wurden kritischer und härter und neuerdings spürte Kramer deutliche Untertöne von Spott und Häme. Er hätte sich mehr über die Nachricht gefreut, wenn sie ihn vor einer Woche erreicht hätte. Jetzt war sie zwar ein Grund der Erleichterung aber nichts worauf er hätte stolz sein können.

„Schickt sofort die Spurensicherung raus."

***

Herbert hatte ca. zwanzig Briefumschläge in der Hand und einen Plan im Kopf. Sofort nach seiner ungeheuerlichen Entdeckung hatte er Rita anrufen wollen, um sich mit ihr über das weitere Vorgehen zu beratschlagen. Doch Rita war einfach nicht erreichbar gewesen. So blieb ihm nichts anderes übrig, als selbst zu überlegen, wie er diese Spur für sich nutzbar machen könnte. Er hatte zunächst mit dem Gedanken gespielt, die Polizei zu verständigen und ihnen die Befreiungsaktion zu überlassen. Aber Herbert misstraute der Polizei. Das Risiko für Harrys Leben war ihm zu groß. Doch dann kam Herbert eine viel bessere Idee. Rita würde staunen! Und so stand er vor dem Eingang einer heruntergekommenen Plattenbau-Wohnanlage. Es war der Eingang, vor dem er die Schreibmaschine auf dem Sperrmüll gefunden hatte. Er ging zu den zerbeulten und beschmierten Briefkästen im Eingangsbereich und warf in jeden der Kästen einen Brief ein.

***

Derweil näherte sich der Entführungsfall Clune scheinbar seiner Aufklärung. Zumindest Kramer war dieser Überzeugung und ließ vor seinen ungeduldigen Vorgesetzten in seiner Euphorie einige vielleicht zu vielversprechende Worte fallen. Die Spurenermittlung hatte Fingerabdrücke zweier einschlägig vorbestrafter Drogendealer im Fahrzeug gefunden. Kramer frohlockte. Anhand des Profils der Täter wurde ihm schnell klar, dass er es hier mit Anfängern im Entführungsgeschäft zu tun hatte. Also durchaus eine Herausforderung, der er gewachsen sein sollte. Sein, wenn auch verspäteter, Triumph stand kurz bevor.

***

Zur gleichen Zeit öffnete Gangsterboss Mike einen unbeschrifteten Umschlag, den er im Briefkasten gefunden hatte. Leider hatten seine Männer bislang nicht wirklich nach Plan vorgehen können. Als problematisch erwies sich insbesondere die Forderung der Produktionsfirma nach einem Lebenszeichen Clunes. Dies hatte intern für einigen Gesprächsstoff gesorgt. Mehmet hatte vorgeschlagen, Harry einen Zeh oder Daumen abzuschneiden und einzuschicken. Er hatte sowas schon mal in einem Film gesehen. Doch da man nicht wusste, ob Harry die gleiche Blutgruppe wie Clune besaß, hatte man von dem Vorhaben Abstand genommen. Mike hatte daraufhin versucht, unmissverständlich klarzumachen, dass er es wäre, der die Bedingungen stellte und dass man seine Geduld nicht herausfordern solle. Die Gegenseite tat das ihrige, um Zeit zu gewinnen. So wurden Beschaffungsprobleme bei den geforderten zehn Millionen Euro Lösegeld vorgeschoben, die die Geldübergabe verzögerten. Mike war mit seinen Nerven am Ende. So schwerfällig hatte er sich die ganze Sache nicht vorgestellt. Und was sollte jetzt das? Ungläubig starrte er den Brief an.

„Was ist los?"

„Was steht denn da?"

Freddy nahm ihm das Blatt ab und las vor:

„Sie haben den Falschen, ich den Richtigen. Wollen wir tauschen? Rufen sie mich unter der folgenden Nummer an."

Freddy ließ ebenfalls das Blatt sinken. Mehmet und Kevin starrten ihn fragend an.

„Was soll das heißen?"

„Ist das ein Trick?"

Mike durchzuckte es plötzlich.

„Scheiße, wir müssen hier weg!"

Seine Männer stierten ihn verständnislos an.

„Die wissen, dass wir hier sind!"

„Wieso?"

„Wenn die uns schon Briefe schicken, du Schwachmat."

„Wer schreibt?"

Mike fuhr Kevin wild gestikulierend an.

„Scheißegal wer! Ich will hier niemanden sehen, auch nicht den Weihnachtsmann!"

Mike begann in panischer Aktivität, seine Habseligkeiten zusammen zu suchen.

„Memme, hol' die Geisel, wir hauen sofort ab. Wir nehmen meinen Wagen, los schnell."

Mehmet verschwand im Flur. Freddy und Kevin starrten Mike verunsichert an. Freddy fand als erster die Sprache wieder.

„Und was machen wir?"

„Spuren beseitigen. In spätestens einer Stunde taucht ihr unter. Ich melde mich."

Mehmet führte den bärtigen und blassen Harry aus der Abstellkammer. Mike entsicherte seine Pistole, richtete sie auf Harry und verbarg sie unter seiner Jacke. Er drängte Mehmet und Harry auf den Hausflur.

„Keinen Mucks, verstanden!"

Herbert bereitete Käthe gerade das Abendbrot, als sein Handy klingelte, das er auf dem Küchentisch abgelegt hatte. Er ließ alles stehen und liegen und nahm hastig das Handy auf.

„Ja."

Käthe musterte ihren Sohn, der in höchste Alarmbereitschaft versetzt schien. Sie stand auf und ging zu ihm. Das Gespräch schien interessant zu sein. Sie beugte sich zum Hörer.

„Ja, ja, ich habe ihn... Ja... Hören Sie, Sie haben meinen Bruder. Ich möchte nur meinen Bruder zurück... Er hat drei kleine Muttermale hinter dem linken Ohrläppchen, daran können Sie ihn erkennen."

Käthe, die Teile der Konversation verfolgt hatte, fuhr Herbert über das Wort.

„Er mag keinen Spinat. Du hast ja alles gegessen, aber Harry mochte nie Spinat."

„Sei doch mal still Mutti!"

Herbert wandte sich schnell wieder seinem Telefonpartner zu, der bestätigte:

„Ich überprüfe das. Ich melde mich. Aber keine Tricks und erst recht keine..."

***

„Polizei!! Stehen geblieben und keine Bewegung!"

Kevin und Freddy hoben die Hände. Sie hatten keine Chance gehabt. Erst eine gute Viertelstunde war es her, dass sich ihr Chef mit Memme und der Geisel abgesetzt und den Rest der Mannschaft ratlos zurückgelassen hatte. Freddy und Kevin hatten noch darüber gerätselt, welche Spuren als erstes und welche überhaupt zu beseitigen wären, da hatte sich schon ein Polizeiwagen in Zivil einer der konspirativen Wohnungen genähert, deren zeitgleiche Durchsuchung angeordnet worden war. Vier bewaffnete Polizisten standen im Raum. Während zwei davon Freddy und Kevin in Schach hielten, untersuchten die anderen beiden die weiteren Räume. Einer der Männer öffnete die Tür zur Abstellkammer. Er winkte schnell seinem Kollegen.

„Sieh dir das an!"

Es war offensichtlich, dass hier noch vor kurzem ein Mensch festgehalten worden war. Über dem Bettpfosten hing noch Harrys Mantel. Der Polizeibeamte durchsuchte die Taschen. Die Außentaschen waren leer. Er befingerte den Mantel weiter und stieß auf etwas Flaches in der Brustinnentasche. Vor den Augen seines Kollegen zog er drei Autogrammkarten von Clune hervor.

„Bingo!"

Doch die erste Freude über den Treffer wich alsbald der Ernüchterung. Die beiden Beamten durchsuchten noch intensiv alle Räume, öffneten Schränke, inspizierten alle Ecken, in denen man einen Menschen verbergen konnte, doch ohne Erfolg. Der große, schlaksige Beamte, der den Einsatz offensichtlich leitete, baute sich in seiner vollen Länge vor Freddy auf und stellte ihm die alles entscheidende Frage:

***

„Zum letzten Mal: Wo ist Clune?"

Oberkommissar Kramer war mit seinen Nerven am Ende. Seit drei Stunden hatte er die beiden Vögel in seinem Büro verhört und war keinen Schritt weitergekommen. Das Gespräch verlief im Kreis wie eine alte Schallplatte, die kurz vor einer entscheidenden Stelle einen Sprung hatte. Bislang hatte Kramer vergeblich versucht, der Nadel den entscheidenden Impuls zu geben.

„Woher soll ich das wissen?"

Kramer hielt Freddy das Erpresserschreiben vor die Nase.

„Wer hat das geschrieben?"

Kevin antwortete kleinlaut:

„Ich!"

„Aha!"

Kramer schlug zur Bekräftigung polternd auf die Tischplatte, auf der er sich vor Freddy und Kevin niedergelassen hatte. Er stand auf und lehnte sich bedrohlich zu Kevin herüber.

„Also habt ihr Clune doch entführt."

„Ja, nein."

Kramer verlor die Fassung und brüllte außer sich:

„Was denn nun?!"

„Wir wollten, aber wir haben den Falschen erwischt."

Der Oberkommissar schritt wie ein hospitalisierter Tiger im Käfig auf und ab.

„So! Den Falschen! Und wo ist dann der Richtige?"

Freddy und Kevin sahen sich verunsichert an.

„Keine Ahnung. Wir haben damit nichts zu tun."

Kramer beugte sich zu Freddy herunter.

„Aber entführt habt ihr jemanden, ja? Seid ihr euch da auch ganz sicher?"

„Ja."

„Und wen habt ihr entführt?" säuselte Kramer in Fred-
dys Ohr.

„Wissen wir nicht."

Kramer säuselte weiter.

„So, das wisst ihr also auch nicht. Aber vielleicht könn-
tet ihr mir ja gütigst verraten, wo sich denn der ominöse
Mr. X jetzt aufhält. Dann könnte ich ihn besuchen und
fragen."

„Wissen wir auch nicht."

Kramer schrie Freddy unkontrolliert ins Ohr:

„Für wie blöd hältst du mich? Was wisst ihr überhaupt?!"

„Dass es nicht Clune war."

Kramer taumelte nach dem erneuten fruchtlosen Ener-
gieausbruch benommen zur Seite. Michael, der schon seit
geraumer Zeit aufgegeben hatte, sich Notizen zu machen,
stand auf und nahm seinen Chef beiseite.

„So kommen wir nicht weiter."

Kramer fuhr ihn mit einer Mischung aus Wut und Verzweiflung an.

„Verdammt, ich muss weiterkommen! Heute Nachmittag ist Pressekonferenz. Was soll ich denen sagen, hä? Dass
ich zwei Clune-Entführer gefasst habe, die aber nicht
Clune, sondern irgendeinen Idioten entführt haben, von
dem keiner weiß, wer er ist und wo er ist. Hast du eine
blasse Ahnung, was die Presse mit uns macht?"

Oberkommissar Kramer saß mit versteinertem Blick sei-
nem schwergewichtigen Vorgesetzten vom BKA, Horst
Rülling, gegenüber, der von einem großen Haufen mit
Presseerzeugnissen eine Tageszeitung angelte und sie
wortlos vor Kramers Nase ausbreitete. Das Bild auf der
Titelseite zeigte Clune in einem Film, der von einer Gruppe
Schiffbrüchiger handelte, die auf einer einsamen Insel

vergeblich auf Rettung warten. Die Überschrift lautete „Verschollen". Unter dem Bild war zu lesen:

„Chuck Roland musste mehr als sechs Jahre auf seine Rettung warten. Wir hoffen, dass es der deutschen Polizei doch schneller gelingen möge, seinen verschollenen Darsteller ausfindig zu machen, wenngleich es momentan nicht danach aussieht."

Kramer hatte kaum zu Ende gelesen, als Rülling eine weitere Tageszeitung in sein Blickfeld schob. Darauf konnte er ein recht verunglücktes Porträt seiner selbst erkennen, auf dem er einen mehr als ratlosen Eindruck hinterließ. Darüber die Überschrift: „We have no Clu(n)e!"

Kramer hatte seine Beförderung schon lange abgeschrieben. Und er wäre mittlerweile auch gar nicht böse darum gewesen, wieder in den Streifendienst versetzt zu werden, wenn dieser Alptraum nur endlich ein Ende nähme!

„Mal von dieser Publikation ganz zu schweigen."

Rülling hielt ihm die Ausgabe eines Satiremagazins vor die Nase, auf dessen Titel in Wimmelbildmanier eine Menge Figuren zu sehen waren, die alle wie Phil Clune aussahen. Darüber prangte die Überschrift: „Wo ist Phil?" und darunter: „Helft der deutschen Polizei den ECHTEN Phil Clune zu finden." Rülling beugte sich, soweit es seine Leibesfülle zuließ, bedrohlich über den Schreibtisch.

„Unter diesen Umständen blieb uns nichts anderes übrig, als uns dem diplomatischen Druck zu beugen. Die Amis trauen uns nicht mehr über den Weg. Sie haben Leute von der CIA abgestellt, die Sie in Ihrer Arbeit unterstützen werden."

Rülling war geräuschvoll aufgestanden und gab damit Kramer zu verstehen, dass die Unterredung beendet und Einspruch zwecklos war. Kramer folgte ihm mit versteinerter Miene zur Tür. Das hatte ihm noch gefehlt! Dass die Amis in seinen Angelegenheiten rumschnüffelten und ihm erklärten, wie er seine Arbeit zu machen hatte! Kramer drehte sich der Magen um.

„Die Männer werden sich morgen bei Ihnen melden. Sie erhalten komplette Akteneinsicht und alle notwendige Unterstützung. Sie sind mir dafür verantwortlich!"

***

Das Medienecho auf die unbefriedigenden Entwicklungen im Entführungsfall Clune fand selbst in Käthe Maletzkes Wohnzimmer seinen Widerhall. Käthe saß auf ihrem Fernsehsessel, während Herbert, ihrem Blickfeld entzogen, zusammengekauert auf dem Sofa saß und an den Fingernägeln kaute. Die Nachrichtenmoderatorin setzte gerade dazu an, ihrem Publikum zu erklären, was es von den letzten Verwicklungen im Entführungsfall Clune zu halten habe:

„Ist Phil Clune noch zu retten? So stellt sich seit Tagen die bange Frage."

Ihre Augen verengten sich bedrohlich zu Schlitzen.

„Aber müsste die Frage nicht vielmehr lauten: Ist die deutsche Polizei noch zu retten? Präsident Obama ist offensichtlich nicht dieser Meinung und hat nun die CIA beauftragt, der deutschen Polizei Nachhilfe in Sachen Ermittlungsarbeit zu leisten."

In einer Filmeinspielung waren Angela Merkel und Barack Obama zu sehen, die zu einer Pressekonferenz eilten. Dazu erläuterte der Nachrichtensprecher:

„Nachdem der Entführungsfall Clune zu diplomatischen Verstimmungen zwischen Berlin und Washington geführt hat, hat Bundeskanzlerin Angela Merkel dem Drängen Präsident Obamas nachgegeben und die Zusammenarbeit der deutschen Behörden mit der CIA angekündigt."

Angela Merkel war hinter ihrem Rednerpult angelangt, rautete ihre Hände und begann ihre Ausführungen:

„Präsident Obama und ich sind uns darin einig, dass nur eine gemeinsame -"

Herberts Handy unterbrach jäh ihre Ausführungen über die transatlantische Einigkeit. Herbert flüchtete schnell in die Küche. Es war der Anruf, den er erwartet hatte.

„Ja, ja, ich höre. Autobahnrastplatz. Ja, den kenne ich... Nein, nein, keine Polizei! Ich bin allein, versprochen!"

Herbert ließ das Handy sinken. Immerhin, soweit verlief alles nach Plan. Doch nun stellte sich ihm das schwierigere Problem. Er brauchte Ritas Hilfe. Noch dieses eine Mal.

„Nur ein kurzer Anruf. Dann kommst du morgen früh vorbei, hilfst mir, ihn einzuladen und ich setze dich an der nächsten Straßenecke ab. Das ist alles! Ehrlich. Dann hörst du nie wieder etwas von mir."

Rita wickelte sich am anderen Ende der Leitung nervös eine blondierte Haarsträhne um den Finger. Die Aussicht, von Herbert in Ruhe gelassen zu werden und die ganze Angelegenheit, die ihr doch die eine oder andere schlaflose Nacht bereitet hatte, vergessen zu können, bot einen gewissen Reiz. Es war ihr auch spätestens nach diesem Anruf klar, dass sie sich nicht komplett vor Herbert abschirmen konnte. Herbert hatte nämlich aus einem Verdacht heraus nicht mehr versucht, Rita über sein Handy zu erreichen, sondern telefonierte aus einer Telefonzelle, so dass er als Anrufer nicht zu identifizieren war. Zumindest diese Strategie war aufgegangen.

„Und was soll ich denen sagen?"

„Dass du die Assistentin von Dr. Schroth aus der Hamburger Klinik bist und Dr. Schroth bittet, den Patienten zu überstellen. Dass du nach Berlin fährst, um ihn abzuholen und ihn gemeinsam mit seinem Bruder nach Hamburg zurückbringen wirst. Ich schreib dir das alles auf. Du brauchst es nur ablesen."

„Reden kann ich alleine."

„Natürlich, natürlich."

Rita betrachtete argwöhnisch den Spliss, den die Blondierungen in ihrem Haar zurückgelassen hatten.

„Könntest du heute Mittag kurz vorbeikommen und anrufen? Du kündigst dich für morgen an -"

„So kurzfristig?"

„Das ist die Frist, die mir die Entführer gesetzt haben. Außerdem ist so die Gefahr geringer, dass die Kliniken sich gegenseitig verständigen und etwas auffliegt. Bitte, Rita! Morgen Vormittag ist für dich alles vorbei!"

Rita ließ die Haarsträhne entnervt sinken.

„Ist ja schon gut. Ich komme."

Rita hatte sich widerstrebend auf das Treffen mit Herbert in Käthes Wohnung eingelassen. Nachdem sie am Telefon ihren Part als Assistentin Dr. Schroths überzeugend gemeistert hatte, klingelte plötzlich Herberts Handy. Im ersten Moment dachte er, es würde sich um eine Nachfrage der Klinik handeln und wollte den Hörer schon weiterreichen, als er auf dem Display eine Nummer mit Hamburger Vorwahl sah. Herbert durchzuckte es. War der Schwindel etwa schon aufgeflogen? Verunsichert nahm er das Gespräch entgegen. Tatsächlich meldete sich Schroth am anderen Ende der Leitung.

„Wir hatten doch vereinbart, dass Sie Ihren Bruder am Ende der Woche zurückbringen?"

Herbert traten erneut die Schweißperlen auf die Stirn. Doch dann kam ihm der Gedanke, dass sich dieses Mal alles in seinen Plan einfügen ließ.

„Es ging leider nicht. Meine Mutter hatte einen Schwächeanfall, da konnte ich nicht weg. Aber morgen, morgen bringe ich Harry zu Ihnen. Es ist schon alles vorbereitet."

„Soll ich Ihnen nicht einen Wagen schicken und ihn abholen?"

„Nein, nein. Wirklich nicht. Äh... Die Kollegen aus Berlin stellen mir einen Pfleger zur Seite. Machen Sie sich keine Umstände!"

Herbert bemühte sich, das Gespräch schnell zu beenden und steckte das Handy ein. Rita betrachtete ihn eingehend. Soviel Geistesgegenwart war sie von ihm nicht gewohnt.

„Ist vielleicht gar nicht verkehrt, dass die in Hamburg Bescheid wissen, falls die Klinik hier mal nachfragt."

„Außerdem stimmt es ja. Sobald ich ihn auf der Raststätte eingetauscht und die Polizisten auf Clunes Spur gesetzt habe, fahre ich direkt weiter nach Hamburg und liefere ihn ab."

Rita begann wieder, sich ihre Haarsträhnen um die Finger zu wickeln.

„Und du willst Clune wirklich den Entführern überlassen?"

Herbert blickte Rita triumphierend an. Das war die Frage, auf die er gehofft hatte.

„Nicht ganz! Warte..."

Er kramte in einer Schublade und zog eine Armbanduhr hervor.

„Eigentlich habe ich sie für Mutti gekauft, aber sie wollte sie nicht tragen."

„Und was willst du damit?"

„Das ist eine Uhr mit eingebautem GPS-Funkgerät. Speziell für Demenzkranke entwickelt. Falls die abhauen, kannst du sie hiermit orten. Das ist die neuste Technik."

Rita begriff.

„Und die kriegt Clune!"

„Alles Weitere sollte für die Polizei kein Problem sein."

Herbert blickte Rita mit einem Anflug von Stolz an. Ritas Erstaunen wuchs. Irgendwie begann sie das Abenteuer wieder zu reizen. Die Zuhilfenahme technischer High-End-Geräte flößte ihr zudem Respekt sowie die Zuversicht auf ein gutes Gelingen ein.

„Morgen um sechs geht's los?"

***

Von all diesen Plänen unberührt saß ein einsamer Mann in einem kleinen, vergitterten Raum. Er saß vor einer altertümlichen Schreibmaschine und tippte immer wieder ein und denselben Satz auf das Papier, als müsse er sich der darin enthaltenen Botschaft neu versichern, als wollte sie sich ihm mehr und mehr entziehen und müsste mit jedem Anschlag neu festgenagelt werden.

„I am Phil Clune."

Hatte diese Handlung in ihrer ständigen Wiederholung schon etwas Sinnloses, so wurde das Gefühl von Absurdität noch durch einen Blick in das Zimmer bestärkt. Es war jedoch nicht die spartanische Einrichtung, sondern die unerklärliche wie skurrile Ansammlung fast eines Dutzends Schreibmaschinen auf engstem Raum. In nahezu jeder Maschine fand sich ein eingespannter Bogen, auf dem die immer gleiche Identitätsbekundung wie ein stummer Aufschrei durch den Raum hallt. Seine akustischen Identitätsbekundungen, die der schriftlichen Form vorangegangen waren, verhallten unverstanden. Dabei hatte es sich als nicht hilfreich erwiesen, dass er die Lautstärke seiner Schreie erhöht hatte. Im Gegenteil. Alles Aufbegehren hatte ihn noch tiefer in die Abgeschiedenheit der Zelle zurückgedrängt. Und so hatte er das Reden aufgegeben. Nur noch seine Finger klopften ein letztes S.O.S auf die Tastaturen der alten Schreibmaschinen. Anfangs hatte er sich noch gefragt, welche Funktion wohl die Schreibmaschinen hatten, die teilweise mehrmals täglich, bei ihm abgeliefert wurden. Natürlich konnte er nicht ahnen, dass sie die Ausgeburt eines übermächtig schlechten Gewissens waren, das sich in seiner Zelle manifestierte. Er hielt sie für einen Teil eines irrsinnigen deutschen Therapieplans. Aber er hatte aufgehört, sich über deutsche Verrücktheiten zu wundern.

„I am Phil Clune."

Auf diese letzte Gewissheit hatte sich sein Denken konzentriert. Und er brauchte seine ganze Kraft, um sie zu verteidigen.

***

Am nächsten Morgen saß Oberkommissar Kramer auf dem Besucherstuhl seines eigenen Büros und kämpfte ebenfalls mit einer Art Identitätsproblem. Die beiden unverschämt jungen Schnösel in unverschämt teuren Anzügen, die man die Frechheit besessen hatte, ihm vor die Nase zu setzen, hatten sein Büro ohne eine erkennbare Spur von Skrupel eingenommen. Der etwas smartere der Beiden, Merrill, hatte sich auf seinem Bürosessel breit gemacht und stöberte in seinen Akten. Rindsperger, der andere, dickere, mit Militärhaarschnitt, stand wie ein Vollstrecker hinter Merrill und wartete auf weitere Order.

Merrill legte vielsagend und mit großer Sorgfalt seine allzu glatte Stirn in Falten.

„Dieser Zeuge, Maletzke, haben Sie den überprüft?"

In Kramer, der sich allein durch die Sitzordnung zum bloßen Zeugen degradiert fühlte, kochte es. Natürlich hatte er Maletzke überprüft! Für wie blöd hielt ihn dieser Bengel! Er sollte gefälligst wieder in dem Herrenmode Katalog verschwinden, aus dem er entsprungen zu sein schien und ihn nicht mit sinnlosen Fragen an seiner Arbeit hindern.

„Unverdächtig. Früher Busfahrer. Fährt seit zwanzig Jahren Taxi und versorgt seine demente Mutter."

Merrill sah ihn abschätzend an. Kramer hatte keine Lust, sich diesem erniedrigenden Spektakel weiter auszusetzen. Er sprang vom Stuhl auf.

„Was wollen Sie?"

Demonstrativ gelassen faltete Merrill die Hände über der Akte, beugte sich vor und erwiderte geschäftsmäßig:

„Einige Details seiner Aussage sind nicht schlüssig. Ich möchte ihn sprechen."

Kramer fuhr sich entnervt mit der Hand durch das Gesicht.

„Wir sind doch alles zigmal durchgegangen."

Merrill beachtete Kramer nicht weiter und studierte dafür ausgiebig eine Meldung auf seinem Handydisplay. Dann stand er auf, legte das Handy beiseite und zog sich seinen Mantel an.

„Wo finde ich ihn?"

***

Lange bevor Rita in Käthes Wohnung eintraf, war Herbert schon im Einsatz. Er hatte sich für die Übergabe einen Kastenwagen geliehen. Da Clune nun entlassen wurde, mussten auch seine Habseligkeiten aus seinem Zimmer entfernt werden. Normalerweise wäre das nicht viel gewesen, aber aus Gründen, die nur Herbert kannte, galt es nun, einen Haufen Schreibmaschinen zu verstauen. Herbert hatte frühzeitig angefangen, das Zimmer auszuräumen. Clune war für die letzte Nacht verlegt worden. Wenn Rita endlich da wäre, würden sie ihn in Empfang nehmen. Herbert blickte auf die Uhr und auf das Chaos der sich stapelnden Schreibmaschinen, in denen teilweise noch Papiere eingespannt waren. Er versuchte die Schreibmaschinen anders einzuordnen, aber es waren einfach zu viele, so dass er keine erkennbare Ordnung herstellen konnte. Das Chaos machte Herbert zunehmend nervös, zumal auch noch Rita auf sich warten ließ. Er ging zurück in Käthes Wohnung, nahm aus dem Balkonschrank die Abdeckplane für die Gartenmöbel und ging zurück zum Auto, um mit der Plane sorgfältig die Fracht abzudecken.

Er war gerade damit fertig, als Rita von der anderen Straßenseite auf ihn zueilte. In uneingestandener Anspannung und ohne viele Worte zu verlieren, machten sie sich auf den Weg zur Klinik, um den vorsorglich sedierten Clune in Empfang zu nehmen. Rita spielte die Rolle der Assistentin Frau Schmidt perfekt. Ein Mitarbeiter brachte den verschlafenen Clune aus seinem Zimmer und half Herbert, den Patienten auf dem Rücksitz seines Wagens zu verstauen. Danach gingen alle noch einmal kurz in Käthes Wohnung, um die Entlassungspapiere zu unterschreiben. Bevor der Pfleger sich verabschiedete, legte er noch eine einzelne Tablette auf den Couchtisch.

„Für den Notfall lasse ich Ihnen noch ein Beruhigungsmittel da. Das sollte reichen, um ihn für die Fahrt ruhig zu stellen."

In der Wohnzimmertür stand Käthe und begutachtete argwöhnisch die ungewohnten Aktivitäten zu früher Stunde. Entgegen ihrer Gewohnheit hatte sie sich schon sehr früh angezogen. Herberts sonderbares Verhalten hatte in ihr den Verdacht geweckt, dass Herbert etwas Interessantes vorhatte, an dem er sie nicht teilhaben lassen wollte. Sie würde schon noch herausfinden, was es war. Sie wollte jedenfalls für alle Fälle gerüstet sein. Herbert und Rita wandten sich zum Gehen.

„Wo gehst du hin?"

„Ich bleib nicht lang, Mutti. Wir sind bald wieder da."

„Was macht ihr?"

Rita hoffte, sich weitere Nachfragen zu ersparen und holte etwas weiter aus:

„Nichts weiter, Frau Maletzke, nur ein kleiner Ausflug."

Käthe presste die Lippen aufeinander. Sie hatte sich sowas gedacht.

„Ich will mit!"

„Mutti, das geht jetzt nicht."

„Ich will aber mit."

„Mutti!"

Rita durchzuckte ein Gedanke.

„Hast du die Uhr?"

„Ja, richtig!"

Herbert ging zur Anrichte und holte die GPS-Uhr aus einer Schublade. Käthe kam ihm nach.

„Die Uhr gehört mir!"

Herbert und Rita beachteten Käthe nicht weiter und testeten zum letzten Mal die Einsatzbereitschaft der Uhr und des dazugehörigen Monitors. Nachdem auch ihr weiterer Protest keine Wirkung zeigte, ging Käthe verärgert zum Tisch zurück, auf dem noch die Tablette lag. Einer plötzlichen Eingebung folgend, nahm sie die Tablette und ersetzte sie kurzerhand durch ein Pfefferminzdragee, das sie aus ihrer Schürzentasche kramte. Inzwischen hatten sich Herbert und Rita vom ordnungsgemäßen Zustand des Geräts überzeugt und wollten erneut aufbrechen, als Rita ein zweites Mal innehielt.

„Warte, die Tablette!"

Sie lief zurück zum Couchtisch und packte das Pfefferminzbonbon in ihre Handtasche.

„Das geben wir ihm am besten, wenn er noch schläft. Dann wird er gar nicht erst wach."

Im dritten Anlauf schafften sie es endlich, die Wohnung zu verlassen. Clune saß bereits angeschnallt im Wagen und dämmerte mit geschlossenen Augen und auf der Brust hängenden Kopf vor sich hin. Während Herbert ihm die Uhr über das Handgelenk streifte, kam der erste unplanmäßige Zwischenfall auf sie zugewackelt. Käthe hatte sich Mantel und Handtasche geschnappt, in der festen Absicht, sich den Ausflüglern anzuschließen. Herbert stöhnte.

„Mutti, was machst du denn hier? Geh sofort wieder rein!"

„Ich komme mit."

Entschlossenen Schrittes ging sie auf den Wagen zu und öffnete die zweite Hintertür. Rita blickte verunsichert zu Herbert. Herbert versuchte, seine Mutter gewaltsam am Einstieg zu hindern.

„Das kommt überhaupt nicht in Frage. Du gehst jetzt zurück."

Käthe begann wild nach Herberts Hand zu schlagen und sich auf den Rücksitz zu kämpfen.

„Du unverschämter Bengel! Lass mich sofort los!"

Herbert blieb keine Zeit, weder für Diskussionen noch für Skrupel. Er packte seine Mutter und versuchte, sie gewaltsam aus dem Auto zu ziehen. Käthe schrie ihn mit aller Macht an. Herbert versuchte ihr den Mund zuzuhalten, doch Käthe nutzte die Aktion, um ihm kraftvoll in die Hand zu beißen. Herbert schrie erschrocken auf und ließ mit schmerzverzerrtem Gesicht von ihr ab. Käthe richtete sich daraufhin in aller Seelenruhe auf den Rücksitz neben Clune ein und stellte ihre Handtasche erwartungsvoll auf ihren Knien ab. Herbert startete fluchend mit der unverletzten Hand einen letzten Versuch, Käthe aus dem Auto zu ziehen. Doch Käthe schlug mit ihrer Handtasche um sich und traf dabei ihren unbeteiligten Nebenmann. Clune stöhnte und begann zu blinzeln. Rita mischte sich ein.

„Hör bloß auf! Dann lass sie halt mitfahren."

Herbert drohte wieder in die gewohnte Angststarre zu verfallen.

„Wie soll das gehen?"

„Mein Gott, ich fahr halt mit, bleib im Auto und pass auf sie auf."

Herbert ließ sich zitternd auf den Beifahrersitz fallen. Er fuhr sich verzweifelt durch die Haare. Er wusste, dass alle Versuche, Mutti loszuwerden, zum Scheitern verurteilt waren. Sie würde nicht von seiner Seite weichen, denn sie spürte genau, dass Herbert etwas vorhatte. Ganz egal, was es auch sein sollte, Käthe würde sich das nicht entgehen lassen.

„Was ist jetzt? Nun fahr schon."

Käthes Worte trafen ihn wie ein Peitschenhieb. In mechanischem Gehorsam ließ Herbert den Wagen an und fuhr vom Parkplatz.

***

Merrill hatte derweil die Ermittlungen nach seiner eigenen Methode neu aufgerollt. Als erstes würde er sich diesen Hauptzeugen vorknöpfen. An Herberts Taxistand hatte er ihn nicht auffinden können. Die befragten Kollegen konnten ihm immerhin den Hinweis geben, dass Herbert sich den Tag frei nehmen wollte, um für seine Mutter Erledigungen zu machen. So machten Merrill und Rindsperger sich unverzüglich zum Altenheim und zur Wohnung Käthe Maletzkes auf, wo allerdings niemand, nicht einmal die alte Dame selber, anzutreffen war. Doch Merrill gab so schnell nicht auf und ging in das Empfangsgebäude der Klinik.

„Sie müssen vor einer Dreiviertelstunde losgefahren sein. Er wollte heute seinen Bruder zurück in die Klinik nach Hamburg bringen."

Merrills professionelle Neugier, die ihn auch nach Zusammenhängen fragen ließ, die mit seinem Ermittlungsgegenstand offensichtlich nichts zu tun hatten, bestimmte den weiteren Gesprächsverlauf.

„Was hat er denn?"

Die Frage scheiterte zunächst an der ärztlichen Schweigepflicht, auf die Krankenpfleger Chris Merrill dezent hinwies. Merrill hatte jedoch nicht vor, ein kompliziertes deutsches Antragsverfahren zu durchlaufen, um auf die bescheidene Frage eine Antwort zu erhalten. Er gab sich zunächst zufrieden, wechselte ein paar belanglose Worte und lud schließlich den in bescheidener Gehaltsgruppe befindlichen Pfleger auf eine Zigarette vor die Tür ein. Am Ende des informellen Teils des Gesprächs war Chris um dreihundert Euro reicher. Dafür hatte Merrill die Information erhalten, dass Harry unter Persönlichkeitsstörungen litt.

„Und wie macht sich das bemerkbar?"

„Er hält sich für jemand anderen."

Chris zählte die Scheine nach und war beeindruckt. Er hatte das Gefühl, dass er dem Fragenden für diesen Preis noch etwas mehr Informationen schuldig war und ergänzte grinsend:

„Zuletzt glaubte er, er sei Phil Clune."

Merrill und Rindsperger sahen sich alarmiert an und verabschiedeten sich kurzangebunden. Chris störte sich nicht weiter an dem überhasteten Aufbruch, sondern freute sich über den unverhofften Geldsegen. Phil Clune wurde ihm plötzlich sehr sympathisch. Ob echt oder falsch, wenn es um den Hollywood-Star ging, hatte eben alles eine gewisse Größe - selbst das Schmiergeld.

***

Herbert hatte das Auto auf einem Rastplatz abgestellt und hastete zur Toilette. Nein, dies war nicht der verabredete Übergabeort. Doch Herbert hatte es einfach nicht mehr ausgehalten. Die ganze Aufregung war ihm auf den Magen geschlagen. Rita hatte angesichts des sich krümmenden und stöhnenden Herbert keine Probleme, ihre Überlegenheit auszuspielen, jedoch ließ sie Herberts Nervosität nicht gänzlich unberührt. So wies sie ihn mit demonstrativ gelangweilter Herablassung an, den nächsten Autobahnrastplatz anzufahren. Insgeheim spekulierte sie jedoch darauf, sich ihres eigenen Magendrückens zu entledigen, am besten so, dass Herbert nichts davon bemerkte. Die Situation auf der Rückbank schien nach einstündiger Fahrt recht stabil. Die Beiden schliefen, die Köpfe in den Nacken gelegt mit aufgesperrten Mündern.

Während Herbert aus dem Wagen zur nächsten Toilette gestürmt war, kramte Rita die „Tablette" aus ihrer Tasche. Sie wollte auf Nummer sicher gehen. Sie griff in den Fußraum, wo sie eine Flasche Wasser und einen Becher bevorratete, goss ein wenig Wasser in den Becher, ließ die „Tablette" hineinfallen und rührte mit einem Löffel darin, bis sie sich aufgelöst hatte. Sie stieg aus, öffnete die Tür zum Rücksitz und beugte sich über Clune, um ihm mit dem Löffel tröpfchenweise die Medizin zu verabreichen. Zunächst war sie vorsichtig, doch dann dauerte ihr das ganze Prozedere zu lange und sie schüttete ihm den letzten Schluck in den Hals. Clune fing an zu husten. Rita erschrak, schloss die Wagentür und setzte sich wieder auf den Beifahrersitz. Ängstlich beobachtete sie Clune, der sich beruhigte und wieder einnickte. Die Luft schien rein. Es würde schon nichts passieren Sie würde sich auch beeilen. Rita hastete aus dem Wagen und rannte zur Damentoilette.

In dem Moment, in dem Rita die Beifahrertür zufallen ließ, öffnete Käthe die Augen. Sie brauchte einen Moment, um zu realisieren, wo sie war. Doch dann fiel ihr wieder der Ausflug ein, zu dem man sie nicht hatte mitnehmen wollen. Sie blickte sich um. Offenbar waren sie angekommen und Herbert und diese Frau hatten sich aus dem Staub gemacht und sie und den Verrückten neben ihr zurück gelassen. Die würden sich wundern.

Käthe schnallte sich ab. Sie blickte auf den Verrückten, den man offensichtlich auch vergessen hatte und ein Gefühl von Solidarität keimte in ihr auf. Sie öffnete seinen Sicherheitsgurt und knuffte ihn mehrfach in die Seite, bis er wach wurde. Clune blickte sie aus glasigen Augen verständnislos an. Käthe stieg kurzerhand aus den Wagen, ging herum und öffnete die andere Hintertür. Er mochte verrückt sein, aber warum sollten nicht auch Verrückte ihren Spaß haben dürfen? Sie machte eine aufmunternde Handbewegung, um ihn zum Aussteigen zu motivieren.

Das grelle Tageslicht, der frische Wind und ein unerklärlicher, stechender Geschmack von Pfefferminze im Hals taten ein Übriges, um Clunes Lebensgeister wieder zu erwecken. Die Sinneseindrücke verdichteten sich zu einem Gefühl, das er lange nicht mehr verspürt hatte - ein Gefühl von Freiheit! Doch instinktiv wusste er um die lauernde Bedrohung. Und so sah er sich nach einer sicheren Fluchtmöglichkeit um.

In dieser Zeit hatte auch Käthe die Gelegenheit, sich mit dem Ort näher vertraut zu machen. Sie kam umgehend zu dem Ergebnis, dass man noch nicht mal die Wahl eines Ausflugsziels dem tumben Herbert überlassen durfte. Ihrem Harry wäre hierzu etwas deutlich Besseres eingefallen! Käthe wollte jedoch den Tag nicht so schnell verloren geben. In einiger Entfernung fiel ihr ein schicker Reisebus ins Auge, vor dem sich einige Senioren tummelten, die sich gerade anschickten, den Bus wieder zu besteigen. Angesichts der eingeschränkten Mobilität einiger Reiseteilnehmer entpuppte sich dies als zeitaufwändiges Unterfangen. Käthe, die von dem hochmodernen Reisebus beeindruckt war, mischte sich wie selbstverständlich unter die Reisegesellschaft. Clune, der sich nach allen Seiten umsah, noch unsicher, von wem oder was ihm Gefahr drohen könnte, schienen die alten Leute mit Rollator am wenigsten verdächtig. Und so drängelte auch er sich mit den letzten Einsteigenden in den Bus.

Herbert kehrte eilig zu seinem Wagen zurück. Der Anblick versetzte ihm jedoch umgehend einen Schlag in die Magengrube. Leer! Herbert versuchte, der nahenden Ohnmacht mit dem Gedanken Einhalt zu gebieten, dass Rita vielleicht mit den Beiden unterwegs war und alles unter Kontrolle hatte. Doch diese Hoffnung zerschlug sich schnell, als er sie allein aus der Damentoilette auf ihn zueilen sah.

„Rita! Verdammt, wo sind sie?"

In diesem Moment rauschte der Reisebus an den beiden verlorenen Gestalten vorbei. Herbert blickte automatisch auf und erblickte einen Mann am Fenster, der sein Gesicht hinter seiner Hand verbarg. Am Handgelenk trug er eine auffällige Armbanduhr.

***

Nachdem der Bus den Parkplatz verlassen hatte und wenige Minuten gefahren war, hielt Clune den Zeitpunkt für gekommen, auf sich und sein Schicksal aufmerksam zu machen. Er neigte sich nach vorne und tippte einen älteren Herren an, der mit seiner Frau in der Reihe vor ihm und Käthe saß.

„Excuse me, my name is Phil Clune. I was kidnapped, but I've managed to escape. Could you please call the police."

Der so angesprochene Herr lächelte ihn hilflos an, nickte und wandte sich wieder seiner Sitznachbarin zu. Clune tippte ihn noch einmal an.

„Do you understand?"

Der Herr nickte verunsichert und blickte schnell wieder nach vorne. Clune gab es auf und sprach über Käthe hinweg eine Frau auf der anderen Seite des Mittelgangs an.

„Excuse me, may I use your cell phone?"

Die Frau reagierte nicht. Clune sah auf dem vor ihr ausgeklappten Tisch neben einer Packung Kekse zwei Hörgeräte liegen. Er brüllte.

„Cell phone!!"

Verdammt! Irgendeiner hier musste ihn doch verstehen können. Er stand auf, soweit es die Gepäckaufbewahrung über seinem Kopf erlaubte und brüllte noch einmal über den Fahrtlärm hinweg:

„Does anyone have a cell phone?"

Eine Dame mit rotgefärbten Haaren hinter ihm deutete auf einen jungen Mann, der neben dem Busfahrer saß.

„Fragen Sie ihn. Er macht das alles hier."

Der angesprochene junge Mann war bereits durch Clunes Ruf aufgeschreckt und blickte in seine Richtung. Arno P. trug einen gepflegten und betont teuren Anzug. Ein Goldkettchen, das unter dem aufgeknöpften weißen Hemd hervorblitzte, verriet ein gesteigertes Selbst- sowie ein vermindertes Stilbewusstsein. Clune winkte ihn zu sich.

„Listen to me, this is an emergency. My name is Phil Clune and I was kidnapped. Please, can you inform the police?"

Arno brauchte zunächst etwas Zeit, um den fremdsprachlichen Redeschwall auf sich wirken zu lassen. Unglücklicherweise lag sein Geschäftsfeld nicht in der Betreuung ausländischer Touristen. Angesichts seiner nicht vorhandenen Fremdsprachenkenntnisse hatte er sich auf eine andere Branche spezialisiert, die im Übrigen auch sehr viel einträglicher war als das übliche Touristengeschäft. Seine Stellung erlaubte es ihm allerdings nicht, sein Unverständnis einzugestehen. Arno betrachtete Clune und Käthe eingehend und versuchte einen Hinweis zu finden, der ihm bei der Entschlüsselung der Botschaft helfen konnte.

„Oh natürlich, selbstverständlich! Warten Sie einen Augenblick. Ich bin sofort wieder bei Ihnen."

Arno verschwand in den hinteren Teil des Busses, in dem noch mehrere Plätze unbesetzt waren. Clune ließ sich mäßig beruhigt auf seinen Sitz nieder. Er hatte zwar nicht verstehen können, was der Mann sagte, aber es klang durchaus beruhigend. Er atmete ein paar Mal tief ein und aus. Alles würde gut. Der Alptraum war vorbei.

Innerhalb kürzester Zeit war Arno, wie versprochen, an ihren Platz zurückgekehrt. Mit großer Verwunderung betrachtete Clune die billige, originalverpackte Kaffeemaschine und einen Wurstpräsentkorb, die er in den Händen hielt.

„Es tut mir Leid, wenn ich Sie in der Aufregung eben übersehen habe. Selbstverständlich erhalten auch Sie unsere Gratis-Aufmerksamkeiten."

Noch ehe Clune wusste, wie ihm geschah, hatte er den ausladenden Wurstpräsentkorb auf dem Schoß und die begeistert lächelnde Käthe die Kaffeemaschine im Arm. Arno lächelte noch einmal und verschwand wieder nach vorne. Clune, der sich von seinem ersten Erstaunen erst einmal erholen musste, sprang auf. Dabei flog eine riesige Salami aus seinem Korb.

„What on earth...?"

Er knallte mit dem Kopf schmerzhaft an die Gepäckaufbewahrung. Käthe hatte derweil die Riesensalami vom Boden aufgeklaubt und hielt sie gemeinsam mit der Kaffeemaschine fest umschlungen. Angesichts seines schmerzenden Kopfes und der Tatsache, dass er durch die Medikation noch leicht benommen war, sackte Clune hilflos in seinen Sitz zurück. Arno hatte sich derweil wieder auf seinen Platz neben dem Busfahrer begeben. Um weitere lautstarke Irritationen durch den Fremden zu vermeiden, drehte er die Hintergrundmusik auf, die sorgsam auf sein Publikum abgestimmt war Clunes von Kopfschmerzen gemarterter Körper zuckte unwillkürlich, als ihn Tony Marshall das Wort „Junge" ins Ohr brüllte und ihm daraufhin in ohrenbetäubender Lautstärke versicherte, dass die Welt schön sei. Doch Clune vermochte die Botschaft nicht zu verstehen, im Gegensatz zu der Frau an seiner Seite, die ganz in ihrem Element schien und sowohl mit ihrem Körper als auch mit ihrer Salami begeistert dem Takt der Musik folgte.

***

Weitaus weniger ausgelassene Stimmung herrschte in Herberts blauem Kastenwagen, der umgehend die Verfolgung des Reisebusses aufgenommen hatte. Herbert hatte kurz zuvor das erste Mal in seinem Leben eine Frau angeschrien. Doch für Gewissensbisse war keine Zeit. Es blieb ihm auch keine Zeit, über die erstaunliche Tatsache nachzudenken, dass Rita ihn nicht mit einem Tritt in den Hintern hatte sitzen lassen. Sie war sich ihrer Schuld bewusst und war nun bemüht, verlorenes Terrain wieder gutzumachen. Sie hatte genug Geistesgegenwart besessen, anhand des Überwachungsmonitors festzustellen, dass Herbert richtig gesehen hatte und zumindest Clune im Reisebus geflohen war. Sie versuchte, nicht über die ihnen davonlaufende Zeit nachzudenken, sondern konzentrierte sich auf das Nahziel, einen kleinen wandernden Punkt auf einem Monitor.

***

„Die gehört mir."

Käthe war die Uhr an Clunes Handgelenk aufgefallen. Auch wenn sie dafür keine Verwendung hatte, Herbert hatte ihr die Uhr geschenkt und der Verrückte hatte kein Recht, sie zu tragen. Nachdem Clune auf ihre Aufforderung nicht reagiert hatte, griff sie nach seinem Handgelenk und zerrte an der Uhr. Clune, dem erst jetzt die unbekannte Uhr auffiel, streifte sie ab und überließ sie Käthe entnervt. Wann wären sie endlich am Ziel? Er hatte es aufgegeben, die Alten auf sich aufmerksam zu machen. Zu seinem großen Erstaunen kannte ihn hier offensichtlich kein Mensch. Er starrte verbittert auf den seine Bewegungsfreiheit einschränkenden Präsentkorb mit den Wurstkonserven auf seinem Schoß. Wie oft hatte er sich nach so manchem Rummel gewünscht, einmal unerkannt durch irgendeine Stadt der westlichen Welt gehen zu können, ohne sein Gesicht hinter Schals, Mützen und Sonnenbrillen zu verstecken; sich in einem Umfeld zu bewegen, in dem ihn keiner kannte. Und ausgerechnet jetzt! Clune ballte unwillkürlich die Faust.

Seine bitteren Gedankengänge wurden jäh unterbrochen. Arno hatte das Mikrofon in die Hand genommen und sich im Mittelgang postiert. Clune zuckte bei der ersten Lautäußerung vor Schreck zusammen: Die Anlage war so eingestellt, dass auch schwerhörige Mitreisende keine Chance hatten, sich Arnos Ausführungen zu entziehen.

„Liebe Gäste, ich möchte Ihnen heute zwei innovative und hochwertige Produkte aus unserem Haus vorstellen. Diese Produkte für Ihr Wohlbefinden und Ihre Gesundheit werden nach höchsten Qualitätskriterien einzeln handwerklich gefertigt und sind daher nur in geringer Stückzahl erhältlich. Wir konnten jedoch einige Exemplare für Sie sichern - und mehr noch, wir haben es geschafft, für Sie einen unglaublichen Mengenrabatt zu erzielen. Der Preis ist heiß, meine Damen und Herren! Nicht heiß, aber mollig warm ist auch unsere Decke aus reinen Angora- und Alpakagarnen, fünffach gekämmt und oberflächenveredelt."

Arno griff hinter sich und zog eine Decke hervor, an der einige Klettverschlüsse baumelten. Unter wortreichen Ausführungen legte er sich die Decke um und befestigte sie mit den Klettverschlüssen wie eine Weste um seinen Körper.

„Mit Hilfe der Befestigungsklips lässt sich diese Decke im Handumdrehen in eine kuschelige Weste verwandeln."

Clune betrachtete unwillkürlich Arnos Demonstration. Arno paradierte in der „Deckenweste" einmal durch den Mittelgang auf und ab, bevor er sie abnahm, beiseitelegte und den nächsten Gegenstand von seinem Sitz angelte.

„Die kalte Jahreszeit steht ins Haus. Bestes Mittel gegen jegliche Erkältungskrankheiten ist seit jeher das Inhalieren. Aber wie oft haben wir uns, tief gebeugt, bei dieser Prozedur einen steifen Rücken geholt? Mit unserem neuen Inhalix 3000 kann das nicht mehr passieren. Setzen Sie sich in bequemer, aufrechter Position vor das Gerät und ziehen sie einfach das Mundstück zu sich heran. "

Arno zog aus der kleinen Apparatur, die er demonstrativ in die Höhe hielt ein Mundstück heraus, das durch einen Schlauch mit ihr verbunden war und setzte es sich auf Nase und Mund.

„Atmen Sie ganz normal und entspannt."

Clune stierte die Apparatur ungläubig an. Entweder es gab in deutschen Reisebussen aufgrund des fehlenden Tempolimits auf der Autobahn spezielle, ungeahnte Sicherheitsvorrichtungen oder er durchlebte gerade einen sehr realen Drogentraum. In diffuser Erwartungshaltung blickte er verunsichert auf das Gepäckfach über seinem Kopf. Atemmasken im Reisebus! So bekloppt konnten selbst die Deutschen nicht sein. Doch wenn er soeben einen (Alp-)Traum durchlebte, wo befand er sich dann in Wirklichkeit?

***

Auch Dr. Marthaler verstand die Welt nicht mehr, als er sich plötzlich den beiden Sanitätern Peter W. und Georg F. gegenübersah, die die Hamburger Klinik geschickt hatte, um seinen Patienten Maletzke nach Hamburg zu überführen.

„Professor Langner meinte, dass es doch besser wäre, wenn wir den Patienten abholen."

„Ja, aber Sie haben doch bereits eine Kollegin zur Begleitung geschickt. Wir haben ihr heute früh den Patienten übergeben."

Peter sah Georg fragend an. Es war doch zum Kotzen: In der Klinik wusste mal wieder der eine nicht, was der andere tat. Er war also völlig unnötig aus seiner Bereitschaft gerufen worden Die ganze Strecke nach Berlin und zurück für die Katz! Außerdem war es ihm peinlich, dass das logistische Chaos vor den Berliner Kollegen so offen zu Tage trat. Dabei konnte er nichts dafür!

„Davon wissen wir nichts."

Marthaler, den plötzlich ein ganz ungutes Gefühl beschlich und der sich keineswegs sicher war, dass der Fehler tatsächlich auf Hamburger Seite zu suchen war, erwiderte:

„Sie sind jedenfalls schon weg. Es tut mir Leid, dass Sie den Weg umsonst gefahren sind. Darf ich Ihnen wenigstens noch einen Kaffee anbieten?"

Während Peter und Georg Marthaler zum Pausenraum hinterhertrotteten, raunte Georg seinem Kollegen leise, um den Eindruck der kompletten Ahnungslosigkeit nicht noch zu verstärken, zu:

„Welche Kollegin soll das eigentlich sein?"

***

Währenddessen wartete Clune im Bus darauf, aus seinem Traum endlich aufzuwachen. Doch je länger die Fahrt dauerte, desto mehr Zweifel bekam er an seiner Traumtheorie. Ob Traum oder nicht Traum, solange er im Bus war, hatte er nicht die Möglichkeit, etwas auszurichten. Während er in sich versunken, teilnahmslos aus dem Fenster starrte, wurde gerade am Nachbarsitz ein großer Deal abgeschlossen. Während Arno zwei Kartons in der Gepäckablage über Käthes Sitz verstaute, unterschrieb Käthe ein Schriftstück. Sobald sie die Unterschrift geleistet hatte, nahm ihr Arno eilfertig das Klemmbrett mit dem Kaufvertrag aus der Hand.

„Ich gratuliere Ihnen zu Ihrer Wahl, Frau Maletzke. Ich verspreche Ihnen, Sie werden begeistert sein. Wie wollen Sie bezahlen? Bar oder mit Karte?"

Käthe knuffte Clune von der Seite an.

„Ah, ich verstehe, der Herr bezahlt. Dann bekomme ich von Ihnen unseren sensationellen Kombi-Sonderpreis von nur 399 Euro."

Clune, dessen Aufmerksamkeit durch einen weiteren Seitenhieb Käthes eingefordert wurde, blickte Arno, der ihm den Kaufvertrag unter die Nase hielt, verständnislos an.

„Das macht dann 399 Euro."

Arno schlug mit dem Kugelschreiber auf die Summe. Clune fegte das Klemmbrett mit dem Vertrag unwirsch zur Seite.

„What do you want from me? Leave me alone!"

Clune wandte sich wieder dem Fenster zu. Käthe runzelte die Stirn, dann knuffte sie Arno in die Seite und winkte ihn zu sich nach unten. Sie flüsterte konspirativ in sein Ohr:

„Er bezahlt nie. Er hat bei mir die ganze Zeit gewohnt und gegessen und hat nichts bezahlt!"

***

In einem Besprechungszimmer der psychiatrischen Abteilung der Hamburger Klinik hatte Abteilungsleiter Langner gerade begonnen, Schroth seine Nachlässigkeiten im Umgang mit Patient Maletzke zu verzeihen, obwohl es ihm in den letzten Tagen, in denen man auf die überfällige Rückkehr gewartet hatte, schwer gefallen war. Wenn er denn heute unversehrt und ohne einen Blödsinn angestellt zu haben, zurückkehren würde, wollte Langner noch einmal ein Auge zudrücken. Er hatte es sich allerdings nicht nehmen lassen, alle für die Überstellung notwendigen Maßnahmen selber zu ergreifen, auch wenn Schroth ihm versichert hatte, dass dies nicht nötig sei. Er wollte nicht riskieren, dass erneut irgendein unvorhergesehenes Ereignis die Rückkunft des Patienten verzögerte. Während er noch das Problem Maletzke innerlich mit einem Haken versah, klingelte das Telefon. Nach kurzer kollegialer Begrüßung verfinsterten sich Langners Gesichtszüge, die sich doch gerade erst geglättet hatten.

„Frau Schmidt? Wer soll das denn sein? Davon abgesehen hat Dr. Schroth keine Assistentin."

Langner packte angesichts des überwunden geglaubten Problems, das sich plötzlich in ganz neuen Dimensionen vor ihm manifestierte, die Wut.

„Sagen Sie, was geht hier eigentlich vor?"

***

Die Situation im Reisebus hatte sich in der Zwischenzeit dramatisch zugespitzt. Nachdem Arno zu endgültiger Gewissheit gelangt war, dass er von Maletzke und Sohn keinerlei Vergütung erwarten durfte, hatte er versucht, Käthe die Waren wieder abzunehmen. Doch Käthe hatte nicht vor, ihre Beute kampflos fahren zu lassen. Als Arno, seine physische Übermacht nutzend, Käthe in den Sitz zurückdrängte, rammte sie ihm kurzerhand die Salami in den Bauch.

„Lassen Sie mich los."

Arno ging leicht in die Knie und versuchte, Käthe die Waffe zu entwenden. Die anderen Fahrgäste sahen sich peinlich berührt an und begannen ebenfalls, auf Arno einzureden. Der Busfahrer wurde unruhig.

„Was ist denn los da hinten?"

„Die Kundin weigert sich zu bezahlen."

Käthe ließ die Wurst nicht los. Sie griff zum allzeit bewährten Mittel und verlegte sich aufs Schreien.

„Was fällt Ihnen ein! Unverschämter Bengel!"

„Wenn Sie sich nicht sofort beruhigen, unterbreche ich die Fahrt. Ich schmeiß Sie raus!"

Arno deutete mit einer unmissverständlichen Geste auf die Tür. Clune, der das Gerangel bislang verständnislos verfolgt hatte, kam eine Idee. Er sprang auf und packte Arno am Kragen, fasste in die erstaunlich stabile Goldkette und zog ihn zu sich, während der Präsentkorb auf Käthes

Schoß niederging und die Konserven geräuschvoll durch den Bus rollten.

„Are you crazy? Leave the woman alone!"

Käthe fiel solidarisch in das Gebrüll mit ein. Der nach Luft ringende Goldkettchenträger entwand sich mit letzter Kraft. Er stolperte durch den Mittelgang zum Fahrer.

„Halt an!"

***

Mike starrte nervös auf seine Armbanduhr. Der Arsch hatte Nerven, sie warten zu lassen! Er stand mit seinem Wagen an der verabredeten Autobahnraststätte, auf einem abseits gelegenem Parkplatz, der hinter einem ungenutzten, verfallenden Toilettenhäuschen den Blicken der vorbeifahrenden Autofahrer weitgehend entzogen war. In etwa zweihundert Metern Entfernung befand sich ein modernes Toilettenhäuschen, vor dem nur wenige Wagen und ein Motorrad hielten. Und jetzt musste der Vollhorst auch noch pinkeln! Mike hatte Mehmet dazu abgestellt, Harry in die Büsche zu begleiten. Er beobachtete die beiden entnervt vom Wagen aus.

Auf den Rastplatz fuhr ein Reisebus vor. Das hatte Mike noch gefehlt! Ein Bus voller Idioten, die sich über das Gelände verteilten. Wenn es hier in Kürze von potentiellen Zeugen nur so wimmeln sollte, war es höchste Zeit, das Ganze abzublasen. Er betrachtete den Reisebus intensiv. Der Ausstieg lag an der von ihm abgewandten Seite. Im Bus selber nahm er keine Bewegungen wahr. Offensichtlich stiegen die Fahrgäste nicht aus. Doch bevor sich Mike einen Reim darauf machen konnte, kam plötzlich ein Mann hinter dem Bus zum Vorschein, der wild gestikulierend auf sie zulief. Mike ranzte Mehmet an.

„Scheiße, beeil dich, da kommt jemand!"

„Was ist?"

„Ach wahrscheinlich irgend so'n Arsch, der ne Panne hat. Verdammt!!"

Mike spuckte seinen säuberlich abgetrennten Fingernagel aus und ging auf den Mann zu. Er wollte den Fremden abfangen, noch bevor er Mehmet und Harry zu Gesicht bekam.

„Sorry Mann, aber ich bin gerade -"

Weiter kam Mike nicht. Der Mann, der von seinem Lauf außer Atem war, fiel ihm ins Wort.

„You have to help me. I'm Phil Clune, I was kidnapped and managed to escape. Can I use your cell phone?"

Mike war wie vom Donner gerührt. Langsam begann die Information in sein Bewusstsein einzusickern. Er starrte Clune an. Kein Zweifel, er war es!

„Wait! Wait a moment."

Jetzt musste es schnell gehen. Mike rannte hinter das Toilettenhäuschen, wo Mehmet angewidert zusah, wie sich Harry umständlich den Hosenstall zuknöpfte.

„Komm schnell."

Mehmet wollte Harry vor sich hertreiben, doch Mike packte ihn und zog ihn von Harry weg.

„Und was ist mit ihm?"

Mike zischte Mehmet an.

„Scheißegal! Komm jetzt!"

Er zog Mehmet hinter dem Toilettenhäuschen vor, so dass Clune für ihn ins Blickfeld geriet. Mike flüsterte Mehmet Instruktionen zu, während Clune ihnen entgegen eilte.

„May I use your cell phone, please?"

"Sure. Come, follow me."

Mike ging voran zu ihrem geöffneten Auto gefolgt von Clune und Mehmet. Mike setzte sich bei geöffneter Wagentür auf die Rückbank und winkte Clune, der seinen Kopf ins Auto steckte. Mehmet drehte ihm in einer Blitzaktion den Arm auf den Rücken und schob den vor Schreck aufschreienden Clune auf die Rückbank, wo er von Mike in Empfang genommen wurde. Der folgende Kampf war kurz und unausgeglichen. Gefesselt und geknebelt blieb Clune nichts anderes übrig, als sich in sein wechselvolles Schicksal zu ergeben.

Während Clune auf der Rückbank des Entführerautos ruhiggestellt wurde, drehte sich das Schicksalsrad für Harry wieder bergauf. Unversehens fand er sich ohne Bewachung am Rand des Pinkelwäldchens wieder. Er traute dem Frieden nicht und entfernte sich vorsichtig rückwärts durch die Bäume aus dem Gesichtsfeld seiner Entführer. Dabei ließ er das Auto seiner Peiniger nicht aus dem Blick. Plötzlich stieß er mit dem Rücken an etwas Weiches. Er drehte sich schnell um und murmelte hastig eine Entschuldigung. Der Mann, den er beim Baumpinkeln angerempelt hatte, ranzte ihn an.

„He, pass doch auf, Mann!"

Harry zuckte zusammen und blickte unwillkürlich in das Gesicht des Mannes, der eine schwarze Lederjacke trug. Ein Schauer überlief ihn. In den Augen des Mannes spiegelte sich ein Wiedererkennen.

„Ey, die Fresse kenn ich doch..."

Harry wollte nichts anbrennen lassen, auch wenn Mert bei heruntergelassener Hose nicht so schnell an seinen Schlagring kommen würde und rannte zurück auf den Parkplatz. Unmittelbar vor sich erblickte er ein herrenloses Motorrad. Aus dem Wäldchen hörte er Schritte. Harry fackelte nicht lange und schwang sich auf das Motorrad, als Mert auf ihn zugerast kam.

„He, du Wichser - Finger weg!"

Harry ließ den Motor aufheulen und nahm im letzten Moment Reißaus.

„Ich mach dich kalt! Ich krieg dich, du Arsch und dann mach ich dich kalt!"

Harry ersparte sich den Blick zurück auf den brüllenden Lederjackenträger, der am Bordstein seinen Veitstanz aufführte. Harrys Blick war nur noch nach vorne gerichtet. Im Anbetracht dessen, was hinter ihm lag, versprach nur diese Richtung einen Lustgewinn. Er ließ sich den Fahrtwind um die Ohren sausen. Nach all der Enge und Bewegungslosigkeit der letzten Tage gab er sich ganz dem Gefühl von Freiheit und Geschwindigkeit hin, ohne nach rechts oder links zu blicken. Hätte er dies getan, wäre ihm vielleicht die einsame alte Dame am Straßenrand aufgefallen, die in einer seltsamen Mischung aus Stolz und Trotz eine unanständig große Salami an sich presste.

Käthe, die versuchte, sich über das unrühmliche Ende der Fahrt mit dem Gedanken hinwegzutrösten, dass sie zumindest die Salami hatte retten können, sah plötzlich Harry ohne Helm auf einem Motorrad an sich vorbeirasen. Sie erkannte den Mann, den ihr Herbert als Harry vorgestellt hatte, trotz des Bartwuchses wieder. Ohne Helm auf dem Motorrad? Das sah ihrem Harry tatsächlich ähnlich. Vielleicht hatte Herbert ja Recht! Ihr blieb kaum Zeit, über diesen Sachverhalt ein abschließendes Urteil zu fällen, als ein Wagen mit quietschenden Bremsen genau vor ihr zum Stillstand kam. Herbert und Rita rissen die Wagentüren auf und rannten auf Käthe zu. Herbert war so in Eile, dass er sogar vergaß, den Schlüssel abzuziehen. Außer Atem redete er auf Käthe ein.

„Wo ist er? Mutti, wo ist er??"

„Auf diesem Parkplatz sind lauter Verrückte. Weißt du, wen ich eben gesehen habe?"

„Nein, es ist mir auch egal. Mutti, sag, wo ist der Mann aus unserem Wagen?"

„Er ist weggelaufen. Lass ihn, er macht nur Ärger. Aber rat mal, wen ich gesehen hab."

Die anfängliche Freude, wenigstens Käthe entdeckt zu haben, wich immer mehr der Verzweiflung. Herbert fasste seine Mutter an den Armen und versuchte, die gewünschten Informationen irgendwie aus ihr herauszuschütteln.

„Ich will jetzt nicht raten! Wo ist er hingelaufen? Mutti, sag es! Harrys Leben ist in Gefahr."

„Genau. Der war's. Der ist gerade hier vorbeigefahren, auf einem Motorrad."

Während Herbert noch an Käthes Unzurechnungsfähigkeit verzweifelte, näherte sich weiteres Unheil. Mert hatte von weitem das offene Auto und seine große Chance gesehen. Noch bevor Rita und Herbert sich umdrehen konnten, sprang er auf den Fahrersitz, knallte die Tür zu und preschte mit aufheulendem Motor an ihnen vorbei, die Verfolgung des flüchtigen Motorraddiebs aufnehmend. Herbert hatte kaum Zeit in ungläubigem Entsetzen seinem davonrauschenden Wagen hinterher zu blicken, als ein weiteres Auto an ihnen vorbeiraste. Auf der Rückbank sahen sie einen gefesselten und geknebelten Mann. Herbert schrie auf:

„Da sind sie! Los, hinterher!"

„Sinnlos. Wir müssen die Polizei rufen."

„Quatsch, bis die da ist, sind die über alle Berge. Das GPS-Signal hat nur eine begrenzte Reichweite. Wir müssen in der Nähe bleiben."

Herbert sah sich in alle Richtungen verzweifelt um. Seine Augen blieben an dem Reisebus hängen.

„Wir nehmen den Bus!"

Kurzentschlossen nahm Herbert Käthe an die Hand und zog sie hinter sich her. Rita folgte ihnen zum Reisebus. Alle Reisegäste saßen abfahrbereit auf ihren Plätzen. Der Bus konnte jeden Moment starten. Herbert warf einen Blick auf den Busfahrer. Wie sollte er ihn nur dazu bewegen, den Wagen zu verfolgen? Es blieb keine Zeit für langwierige Erklärungen. Herbert durchzuckte eine Idee.

„Lock den Busfahrer aus dem Bus."

„Was?", fragte Rita noch halb außer Atem.

„ Sag ihm er hat hinten ʼnen Platten."

Sie waren vor der noch offenen Einstiegstür stehen geblieben.

„Während er den Reifen untersucht, steigst du zu."

Herbert drückte sich mit Käthe an der Außenwand des Busses entlang. Rita stieg derweil zum Fahrer in den Bus. Herbert beobachtete erleichtert, wie der Busfahrer Rita aus dem Bus folgte und mit ihr zum Heck ging.

Noch schneller als der Verrückte sie eben aus dem Bus rausgeschoben hatte, schob Herbert Käthe nun wieder hinein. Ihr war es Recht. Vor dem Verkäuferbengel klein beizugeben, war überhaupt nicht in ihrem Sinn gewesen. Herbert hatte gerade auf dem Fahrersitz Platz genommen, als Rita in den Bus stürmte. Geistesgegenwärtig startete er den Motor und schloss die Türen. Da alle Fahrgäste mit der kurzfristigen Wiederaufnahme der Fahrt gerechnet hatten, fiel Herberts Manöver nicht weiter auf. Die Augen nach vorn gewandt hatte auch niemand einen Blick für den Busfahrer, der, nachdem er den ersten Schock überwunden hatte, hilflos gestikulierend dem Bus hinterherlief.

Rita beobachtete Herbert mit leichtem Misstrauen. So viel Initiative hatte sie ihm nicht zugetraut. Oder war es eher ein Zeichen dafür, dass er in der Stresssituation einfach übergeschnappt war? Rita betrachtete ihn verunsichert. Vorsichtig fragte sie ihn.

„Kannst du den überhaupt fahren?"

Bevor Herbert mit dem Taxifahren angefangen hatte, war er für kurze Zeit als Angestellter der Stadtwerke in einem Linienbus unterwegs gewesen. Doch bald schon wurde Herbert klar, dass diese Berufswahl ein Fehler gewesen war. Das Fahren als solches hatte ihm nichts ausgemacht. Aber die vielen Menschen, mit denen er sich auseinandersetzen musste, lärmende Schulkinder am Tag und Besoffene in der Nacht, kosteten ihn zu viel Kraft. Immerhin hatte er während seiner Anstellung etwas Geld sparen können, mit dem er sein erstes Taxi anzahlen konnte.

„Keine Sorge. Ich hab das gelernt."

Entschlossen griff er ins Lenkrad und steuerte den Bus mit demonstrativer Souveränität von der Auffahrt auf die Autobahn. Herbert spürte, wie ihm das Steuerrad ganz unvermutet das Gefühl verlieh, die Situation im Griff zu haben. Zwar war wieder so einiges schief gelaufen, aber Harry hatte sich offensichtlich selbst befreien können und dass Clune kurzfristig in den Händen der Entführer sein würde, hatte er eingerechnet. Er musste ihnen nur auf den Fersen bleiben, um den Funkkontakt aufrechtzuerhalten.

Rita hatte derweil Käthe zu einem Sitz in der ersten Reihe geführt, bevor sie selber den Platz des Reiseleiters neben Herbert einnahm. Nachdem sie sich versichert hatte, dass Herberts Fahrverhalten kein Grund zur Beunruhigung bot, kramte sie aus ihrer Handtasche den Überwachungsmonitor hervor. Sie schaltete den Monitor ein und versuchte, der Spur des roten Signals zu folgen, das sich noch beruhigend nahe am eigenen Standort befand. Käthe beugte sich nach vorne und betrachtete intensiv den Monitor. Sie hob und senkte ihre Hand mit der Armbanduhr und versuchte damit, die Markierung auf dem Monitor zu beeinflussen. Das Ergebnis war unbefriedigend. Missmutig ließ sie sich auf ihren Platz zurücksinken.

„Geht nicht. Ich wusste, dass es nichts taugt!"

Rita wandte sich zu ihr um.

„Was?"

„Na die Uhr!"

Käthe fuchtelte der entsetzten Rita mit der Uhr am Handgelenk vor der Nase herum.

„Da hat Herbert sich wieder einen Schrott andrehen lassen."

Herbert, der konzentriert auf das Verkehrsgeschehen achtete, war das neuerliche Missgeschick glücklicherweise entgangen, wie auch Arnos Anwesenheit. Arno hatte sich im Heckteil des Busses damit beschäftigt, die aufgesammelten Wurstkonserven und die nicht bezahlte Ware wieder in seinem Vorrat zu verstauen und seine gewohnte Souveränität nach diesem Zwischenfall wieder herzustellen. Normalerweise gab er die Anweisung zur Weiterfahrt. Da der Stopp jedoch außerplanmäßig war, hatte es ihn nicht weiter verwundert, als die Reise unversehens weiterging. Umso größer war sein Erstaunen, als er seinen Platz besetzt und einen fremden Mann auf dem Fahrersitz vorfand.

„He, wer sind Sie? Was machen Sie da?"

Rita war von ihrem Sitz aufgesprungen und nahm ihn gespielt panisch beiseite.

„Pscht. Bitte, provozieren Sie ihn nicht. Er ist mein Patient. Er ist aus der geschlossenen Abteilung ausgebrochen. Ich bin ihm gefolgt und konnte im letzten Augenblick noch zusteigen. Leider konnte ich nicht verhindern, dass er den Bus in seine Gewalt bringt."

Der Verkaufsleiter blickte sie in ungläubigem Entsetzen an. Rita war aufgesprungen und fasste ihn beschwichtigend am Arm.

„Er ist nicht gefährlich – er will nur Bus fahren. Wenn wir ihn in Ruhe lassen, wird er von allein anhalten."

„Aber wir müssen doch die Polizei -"

„Um Gottes Willen, keine Polizei", fiel ihm Rita ins Wort, „dann läuft er Amok."

„Was sollen wir tun?", stammelte der Verkaufsleiter.

„Ruhe bewahren und kein Wort zu den alten Leuten. Es darf keine Panik ausbrechen! Am besten, Sie setzen sich und ich bleibe bei ihm und halte ihn unter Kontrolle."

Rita setzte den aus seiner Bahn geworfenen Goldkettenträger mit sanfter Gewalt auf den freien Platz hinter ihrem Rücken. Arno musste sich eingestehen, dass er zum ersten Mal in seiner Karriere, die Lage nicht mehr unter

Kontrolle hatte. Gerade erst war er die verrückte Alte mit ihrem aggressiven Sohn losgeworden. Und jetzt das! Er fuhr sich fahrig mit der Hand durch das Haar, als sein Blick unwillkürlich zu seiner Sitznachbarin wanderte, die ihn mit zusammengekniffenen Augen über ihre Salami hinweg grimmig musterte. Arno fiel fast von seinem Sitz in dem instinktiven Bemühen, vor Käthe zurückzuweichen.

Rita hatte mittlerweile Herbert davon in Kenntnis gesetzt, dass die technischen Hilfsmittel versagt hatten.

„Vergiss die Uhr. Wir müssen auf Sicht fahren.", flüsterte sie ihm von der Seite zu.

„Mist, dann müssen wir vor der nächsten Abfahrt auf Sichtweite sein!"

Herbert, der die Beute nach all seinen Bemühungen nicht kampflos fahren lassen wollte, fackelte nicht lange, zog den Bus auf die Überholspur und gab Gas. Während Arno beim Blick auf den Geisteskranken am Steuer zunehmend die Gesichtsfarbe verlor, stieg die Stimmung bei den Senioren auf erstaunliche Weise. Dabei wich das erste Staunen schnell der Begeisterung über das ungeahnte Tempo, in dem der Bus durch die Landschaft preschte. Rita heizte die Stimmung noch zusätzlich mit einer Volksmusik-CD an. Vor ihnen erstreckte sich eine weit einsehbare Kurve. Ritas Augen blieben in einiger Entfernung an einem Wagen hängen.

„Dahinten!"

Herberts Augen folgten Ritas Zeigefinger.

„Ich sehe sie. Ich bleib dran!"

***

Harry hatte auf seinem Motorrad derweil bei der nächsten Abfahrt auf die Gegenspur gewechselt. Natürlich musste er zunächst zu seinem Bruder zurück nach Berlin! So wie er Herbert kannte, war der vor Angst um ihn ganz aus dem Häuschen. Außerdem befand sich noch eine Kiste mit einer repräsentativen Auswahl deutscher Biere an versstecktem Ort in Käthes Wohnung - ein Fahrgastgeschenk, das er dann doch nicht mit Herbert teilen wollte. Nicht nach den Entbehrungen der letzten Tage! Freiheitsdrang und Bierdurst duldeten keinen Aufschub, auch nicht durch den Stau, der sich vor einer Baustelle gebildet hatte. Leider fand Harrys kreativer Fahrstil, der ihn wahlweise auf dem Standstreifen und dem Mittelstreifen zwischen den wartenden Autos entlangführte, schon bald ein ungebetenes Publikum. Schon kurz nach Stauende fand sich Harry von einer Motorradstreife der Autobahnpolizei in die Zange genommen. Er wurde auf dem Standstreifen zum Halt gezwungen. Während einer der beiden Polizisten über Funk Informationen einholte, versuchte Harry seine Fahrweise zu rechtfertigen.

„Es tut mir Leid, aber ich wurde verfolgt. Glauben Sie mir!"

Der zweite Polizist hatte sein Gespräch beendet und war mit eisiger Miene zu seinem Kollegen aufgerückt.

„Das Motorrad ist als gestohlen gemeldet."

Der angesprochene Polizist wandte sich müde lächelnd an Harry.

„So, so. Dann hat Sie womöglich der Eigentümer verfolgt?"

„Nein! Hören Sie, es war ein Notfall! Ich wurde entführt – wochenlang – und konnte mich zufällig befreien."

Der Beamte musterte Harry mit müder Herablassung.

„Als nächstes wollen Sie mir noch erzählen, sie wären Phil Clune."

„Nur stundenweise!"

***

In der Zwischenzeit hatten sich Herbert und Rita dem Wagen der Entführer weiter genähert. Während beide in angespannter Konzentration das Fahrzeug beobachteten, hatte die Stimmung im Bus einen ausgelassenen Höhepunkt erreicht. Zu den Klängen der munter aufspielenden Oberkrainer wurde geschunkelt und die mitgeführten Wurstwaren wurden von einigen Senioren zur Übermittlung launiger, nicht ganz jugendfreier Botschaften an die Insassen der überholten Fahrzeuge genutzt. Herbert, der ganz auf das Verkehrsgeschehen konzentriert war, merkte nicht, dass sein Handy klingelte. Rita fischte es aus seiner Jackentasche, nahm den Anruf entgegen und hielt es Herbert ans Ohr. Herbert hatte erkennbare Schwierigkeiten, sich auf das Gespräch zu konzentrieren. Da Rita auch erfahren wollte, worum es ging, schaltete sie das Gespräch laut. Sie erkannte Marthalers Stimme.

„Wir wollten nur sicher gehen, dass bei Ihnen alles in Ordnung ist. Es haben sich einige Fragen aufgetan."

„Ja, ja, alles in Ordnung. Kann leider nicht telefonieren, bin auf der Autobahn", brüllte Herbert entnervt in das Telefon. Warum hatte Rita auch abheben müssen!

„Dann geben Sie mir doch mal schnell Ihren Bruder."

Herbert war verärgert, nicht nur, weil er der Aufforderung nicht nachkommen konnte, sondern weil er abbremsen musste, da sich ein Auto vor ihn auf die Überholspur drängelte. Er wimmelte Marthaler kurzerhand ab.

„Das geht nicht. Er ist abgehauen – auf einem Rastplatz. Er kann aber nicht weit sein, ich find ihn schon, wenn Sie mich nur suchen lassen."

Mit einer hastigen Handbewegung wischte er das Handy beiseite. Rita steckte es hastig wieder ein. Herbert, der vergeblich mit der Lichthupe versucht hatte, den Weg frei zu räumen, entfuhr es entnervt:

„Mein Gott, was ist das bloß für ein Lahmarsch!"

„Sag mal, spinnt der??"

Oberkommissar Kramer wandte sich im zivilen Einsatzwagen ungläubig zu dem Bus um, der lichthupend und offensichtlich frei von Berührungsängsten mit hundertfünfzig Stundenkilometern zu seiner Stoßstange aufschloss. Kramer war sowieso schon reichlich angesäuert darüber, dass Merrill ihn mittlerweile zum Postboten degradiert hatte. Er sollte persönlich sämtliche Unterlagen über den Bruder Maletzkes aus der Hamburger Klinik abholen. Man hätte genauso gut die Kollegen in Hamburg schicken und die Unterlagen faxen lassen können. Nein, rationalen Argumenten waren die Herren nicht zugänglich! Er hatte sich also mit Thomas wegen dieser Schnapsidee auf den Weg machen müssen.

Kramer konnte den Braten riechen. Es ging nur darum, ihn mit sinnlosen Aktivitäten aus dem Weg zu räumen, damit die Affen im Anzug in seinem Büro nach Belieben schalten und walten konnten. Und jetzt stellte auch noch dieser von der Tarantel gestochene Busfahrer seine Daseinsberechtigung auf der linken Spur in Frage. Plötzlich knackte es im Funkgerät. Thomas, der am Steuerrad saß, wechselte vorsorglich die Spur. Ein Ruf von der Leitstelle:

„Ein voll besetzter Reisebus wurde auf dem Autobahnrastplatz Rossower Heide von einem Mann in seine Gewalt gebracht und entführt. Er ist jetzt wahrscheinlich auf der A24 in Richtung Hamburg unterwegs."

Kramer riss, ohne weitere Informationen abzuwarten, das Sprechgerät an sich.

„Hier Kramer. Wir haben den Bus gesichtet. Erbitte Verstärkung."

Während Kramer noch die genauen Koordinaten ihres Standortes durchgab, hatte Thomas das mobile Blaulicht durch das Autofenster auf das Dach gesetzt, war auf die Überholspur gewechselt und hatte die Verfolgung aufgenommen.

***

Nachdem sich die Personalien des aufgegriffenen Motorraddiebs nicht feststellen ließen, forderten die Kollegen einen Streifenwagen an. Harry wurde kurzerhand auf den Rücksitz des Wagens verfrachtet, der ihn zur nächsten Polizeidienststelle bringen sollte. Doch so weit kam es nicht. Ein Notruf aus der Zentrale forderte alle im Umkreis verfügbaren Streifenwagen auf, die Verfolgung eines gekaperten Reisebusses aufzunehmen. Harry lauschte mit zunehmendem Interesse den Meldungen des Polizeifunks. Er war nicht böse über die Unterbrechung. Im Gegenteil, der Tag versprach noch spannende Unterhaltung. Harry lehnte sich entspannt auf seinem Sitz zurück und genoss die Vorstellung.

***

Derweil herrschte Krisenstimmung in Marthalers Büro. Für Marthaler war spätestens nach seinem Anruf bei Herbert die nagende Befürchtung zur unheilvollen Gewissheit geworden, dass es ein großer Fehler gewesen war, Herbert die Überstellung des Patienten zu überlassen. Es half nichts, er würde die Klinikleitung über die Vorgänge in Kenntnis setzen müssen. Peter und Georg, die sich nach einem ausgiebigen Frühstück gerade bei Marthaler hatten verabschieden wollen, wurden unfreiwillig zu Zeugen der unerklärlichen Komplikationen im Fall Maletzke und Marthalers zunehmender Gewissensnot. In seiner Ratlosigkeit wandte er sich an die Beiden.

„Was soll ich sonst tun? Ich werde die Polizei verständigen müssen!"

Peter hatte das Gefühl, hilfreich zur Seite stehen zu müssen und bot an:

„Wir fahren doch auch die Strecke nach Hamburg ab. Wir können uns auf den Rastplätzen ja mal umschauen."

„Es kann nicht schaden."

Marthaler klang nicht gerade überzeugt.

„Wie sieht denn der Wagen aus?"

„Blauer Kastenwagen. Ich glaube Citroen. Ein Berlingo. Davon gibt es aber viele."

***

Hinter einem dieser vielen blauen Berlingos fand sich Merrill auf einem Autobahnrastplatz im Berliner Umland wieder. Er verglich die Angaben, die ihm der Pfleger am Morgen gemacht hatte, mit dem Nummernschild des Wagens vor ihm.

„That's it!"

Im Wagen saß ein Mann in schwarzer Lederjacke, der in einem Stadium fortgeschrittener Erregung telefonierte.

„Ey, Scheiße, Mann! Die Bullen haben ihn abgegriffen. Was hätt ich denn tun sollen, du Pisser!"

Mert hatte das Handy unter sein Kinn gequetscht und durchwühlte zeitgleich alle erreichbaren Ablagen und Fächer des Wagens. Aus dem Handschuhfach zog er eine Brieftasche heraus und durchsuchte sie mit professionellen Handgriffen. Neben dem Leihvertrag für den Wagen, der auf Herberts Namen ausgestellt war, fand er noch ein paar Geldscheine, die Herbert immer als Tankgeld in einer separaten Brieftasche im Wagen mitführte. Mert, dem es momentan zu mühsam schien, Brauchbares von Unbrauchbarem zu trennen, steckte kurzerhand die ganze Brieftasche in seine Jacke. Im selben Augenblick wurde die Wagentür von außen aufgerissen und Merts Disput am Telefon jäh unterbrochen.

„Ey, was wollt ihr Penner!"

Nachdem Rindsperger Mert auf unsanfte Weise aus dem Wagen herausgezogen hatte, hielt es Merrill für angebracht sich vorzustellen.

„Merrill, CIA, ich hätte da einige Fragen."

Trotz der schmerzhaften Umklammerung Rindspergers gelang es Merrill im Verlauf des ersten Kennenlerngesprächs nicht, Mert brauchbare Informationen zu entlocken.

„Ey, Leute, ich hab mit der Scheiße nichts zu tun. Mir gehört nicht einmal der Wagen."

Merrill baute sich drohend vor Mert auf.

„So! Und wem gehört er dann?"

„Einem Bekannten. Ich hab ihn nur geliehen."

Merrill umkreiste den Wagen und sah durch das Heckfenster. Sein Blick fiel auf die Ladung, die mit einer Plane in verdächtiger Weise verhüllt war. Die Größe schien sehr wohl geeignet, einen Menschen darunter zu verstecken. Merrill winkte Rindsperger zu sich, der sein Opfer mit der Pistole vor sich her schob. Er deutete auf den Kofferrauminhalt.

„Eddy, look!"

Er wandte sich Mert zu.

„Was ist in dem Kofferraum?"

„Ey, Mann, was geht mich das an! Keine Ahnung."

Rindsperger setzte Mert unmissverständlich den Pistolenlauf in den Nacken.

„Ey, mach keinen Scheiß, Mann."

„Aufmachen, sofort!", befahl Merrill.

Mert befingerte die Heckklappe und zog sie nach oben. Durch die sportliche Fahrweise, die er zuletzt an den Tag gelegt hatte, war Herberts fragiler Turmbau ins Wanken geraten und verrutscht. Die nicht gesicherte Ladung ergoss sich laut polternd auf Merts Füße. Mert wich schreiend zurück. Ungläubig riss Merrill die Plane vom Rest der Fracht und enthüllte eine Ansammlung alter Schreibmaschinen. Während Mert unter Schmerzen protestierte, kämpfte Merrill gegen das bittere Gefühl der Enttäuschung an. Glücklicherweise waren die schwachköpfigen deutschen Kollegen nicht anwesend. Es war eine gute Idee gewesen, sie heute Morgen nach Hamburg zu schicken. Frustriert zog er ein Blatt von der Walze einer Maschine und wollte es zusammenknüllen und wegwerfen, wie ein Autor, der seine missglückte erste Romanseite verwirft, als ihm zwei Worte ins Auge stachen. Aufgeregt strich er das Papier glatt, von dem ihn ein stummer Hilfeschrei ereilte:

„I am PHIL CLUNE. Help!"

Merrills Lebensgeister erwachten erneut.

"It's him. Arrest him!"

Rindsperger zog aus seinen Hosentaschen Handschellen und legte sie mit Merrills Hilfe Mert unter dessen Protestrufen an.

„Es ist aus. Machen Sie die Sache nicht noch schlimmer und sagen Sie uns, wo Clune ist."

Mert brüllte in einer Anwandlung gerechten Zorns:

„Ich hab überhaupt keine Ahnung, wovon du redest, Mann!"

Merrill packte Mert am Kragen und drückte sein Gesicht mit Gewalt gegen die Fensterscheibe.

„Das solltest du aber wissen – und zwar schnell! Wir sind nicht die deutsche Polizei. Wir haben andere Methoden, dich zum Reden zu bringen. Und glaub mir, die willst du nicht kennenlernen."

Mert versuchte, sich Merrills Griff zu entziehen.

„Zum letzten Mal, du Asi, ich hab keinen Schimmer, was du willst."

Merrill ließ ihn verächtlich los und wendete sich Rindsperger zu:

„Fetch the equipment! Quick. I'll wait here."

"Shouldn't we contact the police?

"No," erwiderte Merrill, der seinen Triumph erst perfekt machen wollte, „not yet. I want Clune first."

***

Einige Kilometer weiter auf der A24 in Richtung Hamburg war die Anspannung im Wagen der Entführer mit Händen zu greifen. Mehmet lehnte sich über das Lenkrad nach vorne, um nach oben sehen zu können. Sein Verdacht bestätigte sich, als er den Polizeihubschrauber über sich kreisen sah. Das Geräusch verschmolz mit dem des Martinshorns, das sie schon seit einiger Zeit verfolgte. Mehmet schlug mit der Faust auf das Lenkrad.

„Scheiße, Scheiße, Scheiße! Was sollen wir tun?"

Mike kläffte ihn von der Seite an.

„Hör mit deinem verfickten Gejammer auf. Das kotzt mich an!"

„Du kotzt mich an! Es war deine Scheißidee, hier rauszufahren. Ich hab dir gesagt, es ist eine Falle."

„Jetzt halt deine dämliche Fresse. Dafür haben wir Clune -"

„Und einen Haufen Bullen am Arsch" unterbrach ihn Mehmet ungehalten.

„Dann steig doch aus, wenn's dir nicht passt."

***

Peter und Georg fuhren die Auffahrt zum zweiten Rastplatz auf ihrer Route entlang. Peter hatte sich insgeheim schon geärgert, dass er sich auf dieses unselige Versprechen eingelassen hatte. Er hatte Maletzke nicht betreut und wusste so recht gar nicht, nach wem er eigentlich suchen sollte. Außerdem war ja die Polizei bereits eingeschaltet. Seine Mithilfe war also durchaus entbehrlich. Er würde einfach nur noch langsam die Rastplätze abfahren und damit pro Forma seinem Versprechen genügen. Während er lustlos über den Rastplatz rollte, stieß ihn Georg von der Seite an.

„Halt mal an!"

Jetzt sah auch Peter den Berlingo, aus dessen geöffneter Heckklappe sich eine Flut alter Schreibmaschinen ergoss.

Peter stellte den Wagen schnell in der benachbarten Park-
bucht ab. Er stieg mit Georg eilig aus dem Auto und lief
auf den verwaisten Berlingo zu. Vor dem Schreibmaschi-
nenhaufen machten sie Halt. Peter musterte ihn erstaunt,
während Georg einen der eingespannten Zettel von der
Walze zog. Ein kurzer Blick genügte.

„Das ist es!"

Peter blickte sich fragend um.

„Verdammt, wo sind die?"

Der Rastplatz war relativ leer, das Umland weitgehend
einsehbar. Nachdem sie sich in alle Richtungen umgesehen
hatten, fiel ihr Blick auf das einzige Gebäude am Rastplatz,
ein kleines Toilettenhäuschen. Peter wandte sich Georg zu.

„Kennst du Maletzke? Ist er aggressiv?"

„Keine Ahnung. Wir sollten auf alles vorbereitet sein."

***

Merrill war kein Mann der Geduld. Er hatte seinen Kollegen losgeschickt, um einige Utensilien herbeizuschaffen,
die er für ein effektives Verhör für unentbehrlich hielt. Er
hatte sich kurzzeitig überlegt, den Mann auf die Wache
mitzunehmen und das Gespräch mit ihm dort zu führen.
Jedoch hatte er keine Lust, sich von den deutschen Kollegen mit ihren kleinlichen, weinerlichen Skrupeln seine
Methode der Gesprächsführung madig machen zu lassen.
Rindsperger ließ jedoch auf sich warten und der Verdächtige hatte ihn zunehmend mit seiner angeblichen Ahnungslosigkeit provoziert. Merrill hatte sich also entschlossen zu improvisieren. Die Gelegenheit schien günstig, der
Rastplatz war menschenleer. Womöglich konnte er
Rindsperger schon mit den entscheidenden Informationen
über Clunes Aufenthaltsort bei seiner Rückkehr beeindru-
cken. Doch der Verdächtige legte eine nicht für möglich
gehaltene Zähigkeit an den Tag, die Merrill immer mehr in
Rage versetzte. Mit Schwung zog er Merts Kopf aus der

Toilettenschüssel, deren Abfluss er zuvor verstopft hatte. Mert, den Merrill vor der Kloschüssel niedergedrückt hielt, japste und schnappte krampfartig nach Luft.

„Fällt dir jetzt ein, wo Clune ist?"

„Ich hab keine Ahnung, wovon -"

Weiter kam Mert nicht. Merrill drückte seinen Kopf wieder gnadenlos unter Wasser. Mert schlug verzweifelt um sich.

„Glaub nur nicht, du könntest mich verarschen. Ich krieg alles aus dir raus."

Peter und Georg, durch die verdächtige Geräuschkulisse angelockt, hatten sich unbemerkt vor die angelehnte Toilettentür geschlichen. Georg zog die Tür vorsichtig auf. Vom Kampf mit dem strampelnden Mert abgelenkt, bemerkte Merrill die ungebetenen Beobachter zu spät. Peter und Georg hatten die Situation jedoch mit einem Blick erfasst. Wie gut, dass Georg zur Sicherheit noch die Zwangsjacke aus dem Wagen geholt hatte. Auf Peters Nicken hin stürzten sich beide auf Merrill und steckten ihn in professioneller Routine in die Zwangsjacke. Als dies geschafft war, half Georg dem zitternden und durchnässten Mert auf die Beine. Nachdem Merrill sich von seinem ersten Schock erholt hatte, stieß er einen Schwall wüster Beschimpfungen auf die Männer aus. Georg führte den unsicher torkelnden Mert aus der Toilettenzelle.

„Warten Sie einen Augenblick, wir bringen den Patienten erstmal in unseren Wagen. Dann kümmern wir uns um Sie. Mein Kollege ruft einen Krankenwagen und die Polizei. Bitte warten Sie."

Bei dem Wort ‚Polizei' durchzuckte es Mert unwillkürlich. Er ließ sich zunächst willenlos von Georg auf einen Schemel setzen. Dann wartete er eine kurze Weile, bis alle das Gebäude verlassen hatten, stand auf, sah durch die Außentür und suchte kurzentschlossen das Weite. Währenddessen hatten Peter und Georg mit dem herumbrüllenden Merrill alle Hände voll zu tun. Dieser war in einem so fortgeschrittenen Stadium der Erregung, dass er nicht mehr im Stande war, seinen Protest auf Deutsch zu formulieren. Georg bemerkte zu Peter erstaunt:

„Der spricht ja Englisch."

„Na klar! Er hält sich doch für Phil Clune. Der spricht auch nur Englisch."

Sie verfrachteten den tobenden Merrill in ihren Wagen und schlossen hinter ihm die Türen. Georg griff nach seinem Handy.

„Ich verständige die Klinik."

Peter kratzte sich am Schädel.

„Wenn der die ganze Fahrt nach Hamburg so weiter randaliert, kann ich mich auch direkt einliefern lassen."

Georg hielt sich das Handy ans Ohr und wartete, bis sich an der anderen Seite der Leitung jemand meldete.

„Der kriegt `ne Beruhigungsspritze und gut ist – Hallo, Doktor Marthaler. Wir haben gute Neuigkeiten..."

***

In der Zwischenzeit war Marthaler nicht untätig gewesen und hatte, nachdem er mit Herbert telefoniert und sich mit der Klinikleitung kurzgeschlossen hatte, eine Vermisstenmeldung bei der Polizei aufgegeben. Die Meldung hatte schließlich auch ihren Weg in den Streifenwagen von Karsten W. und Heinrich K. gefunden. Heinrich fuhr gelangweilt durch die Straßen und hielt ein argwöhnisches Auge auf Kollege Karsten, der eine Frischhaltedose geräuschvoll öffnete und sich anschickte, mit einem Stück Kirschstreuselkuchen, den gerade erst gereinigten Dienstwagen voll zu krümeln. Über die Leitstelle kam gerade die Meldung:

„Maletzke ist von einer Autobahnraststätte auf der Strecke Berlin - Hamburg zu Fuß geflohen. Bitte halten Sie verstärkt Ausschau nach verdächtigen, offensichtlich geistig verwirrten Personen im Umkreis."

Karsten kommentierte kauend das Geschehen.

„Heute sind echt lauter Bekloppte unterwegs."

***

Im Wagen der Entführer starrte Mehmet ungläubig in seinen Rückspiegel. Dabei verlor er automatisch etwas an Geschwindigkeit. Mike knuffte ihn verärgert in die Seite.

„Verdammt! Du sollst fahren und nicht pennen!"

Mehmet war von seiner Beobachtung so in den Bann gezogen, dass er es versäumte, auf den erneuten Anschiss mit einem angemessenen Konter zu reagieren. Er vergewisserte sich noch einmal im Spiegel.

„Ey, ich glaube, der Bus verfolgt uns."

Mike lehnte sich verächtlich schnaubend zurück und antwortete grimmig:

„Na, wenn sonst nichts ist!"

***

„Hey, guck dir den mal an!"

Polizeibeamter Karsten deutete mit dem letzten bröckeligen Bissen Streuselkuchen in der Hand auf eine einsame Gestalt, die sich ihren Weg quer durch die Weizenfelder bahnte. Er stopfte sich schnell das verbliebene Stück Kuchen in den Mund und sagte kauend:

„Halt mal."

Kollege Heinrich wollte sich dem Mann auf einem Feldweg noch weiter nähern. Der Mann bestätigte den Anfangsverdacht, indem er vor dem Streifenwagen auszuweichen versuchte. Nach einer kleinen Verfolgungsjagd querfeldein gelang es den beiden Beamten den erstaunlicherweise bereits mit Handschellen versehenen, flüchtigen Patienten zu stellen. Der Aufgegriffene schwieg jedoch eisern. Karsten untersuchte ihn daraufhin und förderte aus seiner Jackeninnentasche eine Brieftasche hervor, die unter anderem einen auf den Namen ‚H. Maletzke' ausgestellten

Mietwagenvertrag enthielt. Heinrich hielt Karsten den Vertrag vor die Nase.

„Bingo!"

Während sie den in dumpfem Schweigen verharrenden Patienten auf die Rückbank schoben, entfuhr Karsten ein leises „Bekloppt, aber Autos fahren wollen!" Heinrich verständigte umgehend die Leitstelle über den erfreulich schnellen Fahndungserfolg.

***

In Abteilungsleiter Langners Büro in Hamburg machte sich ein aus tiefster Seele kommendes Aufatmen breit. Soeben hatten sie die Kollegen aus Berlin darüber informiert, dass die beiden Sanitäter Maletzke auf der Autobahnraststätte aufgreifen konnten. In der Euphorie des Moments ließ es sich Langner nicht nehmen, den glimpflichen Ausgang des Falls Maletzke mit dem Kollegen Schroth zu feiern. Zu diesem Zweck förderte er aus den Untiefen seines Schrankes einen Piccolo zu Tage, den er auf der letzten Weihnachtstombola gewonnen hatte und mit dem er bislang so recht nichts anzufangen gewusst hatte. Nicht dass ihn der Sektkonsum reizte, aber er hatte das Bedürfnis, die Bedeutung dieses Moments würdigen zu müssen. Und so reichte er Schroth, der sich nach den Aufregungen der letzten Tage nichts sehnlicher wünschte als einige Momente der Entspannung, das Glas. Da klingelte erneut das Telefon.

„Langner."

Schroth, der mit seinem Glas in der Hand höflich abwarten wollte, bis Langner das Telefonat beendet hatte, konnte beobachten, wie sich Langners Züge zunehmend verfinsterten und sich zu einem einzigen Fragezeichen formierten.

„Sind Sie sicher, dass er es ist? Denn eigentlich..."

Langner strich fahrig mit der Hand durch sein Haar. Schroth wusste diese Geste sehr wohl zu interpretieren und stellte alarmiert das Glas zurück auf den Tisch. Der Moment des Feierns schien noch nicht gekommen zu sein, wenn es ihn denn überhaupt geben sollte. Langner nickte seinem unsichtbaren Gegenüber am Telefon mechanisch zu.

„Ja, selbstverständlich."

Er ließ den Telefonhörer sinken.

„Das war die Polizei".

„Ist er wieder entwischt?" entfuhr es dem verunsicherten Schroth.

„Nein. Im Gegenteil. Sie haben einen zweiten Harry Maletzke gefasst."

***

Im Gegensatz zur angespannten Stille, die der ungeheuerlichen Aussage Langners folgte, herrschte im Reisebus eine ungebrochen ausgelassene Stimmung. Herberts Blick auf den Benzinstand machte ihm jedoch klar, dass bald Schluss mit lustig sein würde. Es war auch sinnlos, das Auto weiter zu verfolgen. Er musste die Fahrt zu einem Ende bringen. Außerdem hatte er mittlerweile genug Polizisten angelockt, die den Entführungsfall übernehmen konnten. Der nächste Rastplatz kündigte sich in nur zwei Kilometern Entfernung an. Er musste umgehend handeln. Herbert fuhr so nahe auf das Entführerauto auf, dass Mehmet gezwungen war, auf die rechte Spur zu wechseln. Eine kurze Zeit fuhren Entführer und Reisebus auf gleicher Höhe auf die Auffahrt zur Raststätte zu. Dann zog Herbert mit grimmiger Entschlossenheit nach rechts und drängte den Wagen der Entführer auf die Auffahrt. Mehmet, der nicht vorhatte, der diktierten Richtung zu folgen, versuchte, sich nach hinten fallen zu lassen und auszuweichen. Dabei touchierte der Wagen jedoch den Reisebus und geriet ins Schleudern. Während der Reisebus auf den Parkplatz vorpreschte, drehte sich das Auto zweimal um die eigene

Achse, rutschte über die Fahrbahn, fuhr eine kleine Böschung hinunter und kam im angrenzenden Grünstreifen zum Stillstand.

Kramer, der als erster der Verfolger die Unfallstelle erreichte, sah es als seine Pflicht an, sich zunächst zu vergewissern, dass in dem abgedrängten Wagen keine Personen zu Schaden gekommen waren. Er wies Thomas an, am Ende der Auffahrt anzuhalten, riss die Wagentür auf und rannte auf den Unfallwagen zu. Mike hatte den aus dem Polizeiwagen steigenden Mann gesehen, war aus dem Wagen gestiegen und hielt in dumpfer Verzweiflung seine Pistole hinter seinem Rücken. Von weitem hörte er Kramer besorgt rufen:

„Ist jemand verletzt?"

Mike blickte für eine Sekunde erstaunt zu seinem Partner und vollzog dann flugs einen Strategiewechsel. Mike raunte Mehmet an:

„Nimm ihm den Knebel ab und komm raus!"

In dem Moment, in dem der reichlich mitgenommene Fahrgast sich seines Maulkorbs ledig sah, fing er an um Hilfe zu rufen. Mike schlug vorausschauend die Fahrertür hinter Mehmet zu, als Kramer außer Atem bei ihnen ankam.

„Ist alles in Ordnung?"

Sein Blick fiel auf den verzweifelt rufenden Mann auf dem Rücksitz des Autos.

„Ist er verletzt?"

„Nein, nein", versicherte ihm Mike.

„Mein Bruder hat nur eine leichte Panikattacke. Er ist psychisch etwas angegriffen. Solche Ereignisse werfen ihn leicht aus der Bahn. Aber er kriegt sich wieder ein, keine Sorge. Ich weiß, was zu tun ist."

„Tut mir Leid. Ich bin Oberkommissar Kramer. Wenn Sie noch einen Moment warten, ich schicke Ihnen gleich

Hilfe. Bitte haben Sie Verständnis - ich muss mich erst um den entführten Bus kümmern."

„Entführter Bus?"

Mehmets Mund ließ sich nicht mehr gänzlich schließen.

„Na der Reisebus, der Sie gerammt hat! Er wurde entführt und wir haben ihn verfolgt. Die ganzen Streifenwagen, der Hubschrauber! Haben Sie das denn nicht mitbekommen?"

Da die beiden sich ungläubig anstarrenden Männer Kramer die Antwort schuldig blieben und Kramer sie in keiner unmittelbaren Gefahr sah, wandte er sich wieder dem Reisebus zu, der im hinteren Teil des Rastplatzgeländes zum Stillstand gekommen war.

„Hauptsache, Ihnen ist nichts passiert. Ich schicke Ihnen gleich jemanden."

Während Kramer zu seinem Wagen zurücklief und mit Thomas in Richtung Bus fuhr, fasste Mehmet die neugewonnenen Erkenntnisse der Unterredung zusammen.

„Ey, die meinten gar nicht uns!"

„Du Superhirn!" blaffte ihn Mike an.

„Hey, was soll das, du Arsch?"

Mike schlug Mehmet voller Ungeduld in die Seite.

„Halt die Klappe und lass uns abhauen."

Er drängelte Mehmet von der Fahrertür und setzte sich selber ans Steuer. Mehmet begab sich zu Clune auf die Rückbank, um ihn erneut zu knebeln. Mike startete den Motor. Er versuchte, mit dem Auto die Böschung hochzufahren, doch der Boden war vom Regen der letzten Tage so aufgeweicht, dass die Räder durchdrehten und den Matsch aufs Autodach prasseln ließen. Mike versuchte zurückzusetzen, aber auch das funktionierte nicht. In seiner Verzweiflung schlug er wütend auf das Lenkrad ein. Mittlerweile fuhren immer mehr Streifenwagen die Auffahrt entlang auf den Rastplatz. Mikes Fluchtinstinkt wurde angesichts der stetig anwachsenden Polizeipräsenz immer übermächtiger. Er entschloss sich kurzerhand, mit seiner Geisel zu Fuß zu flüchten. Er stieg aus dem Wagen und ging zu der von der Straßenseite abgewandten Hintertür, durch die er Clune aussteigen lassen wollte. Mike rüttelte an der Tür, die sich jedoch aufgrund des Aufpralls so verzogen hatte, dass sie sich nicht mehr öffnen ließ. Fluchend umrundete er den Wagen und versuchte, Clune auf der anderen Seite aussteigen zu lassen. Doch wann immer er Clune aus dem Auto zog, fuhr gerade ein weiterer Streifenwagen die Auffahrt hoch. Nachdem er zum dritten Mal Clune hastig wieder zurück in den Wagen gestoßen hatte, wurde ihm die Angelegenheit zu heiß. Schließlich hatte der Bulle ja angekündigt, ihnen bald „Hilfe" zu schicken. Da er auf keinen Fall die freundlichen Helfer abwarten wollte, beschloss er, den Deal endgültig für gescheitert zu erklären und die Flucht nach hinten anzutreten. Er schlug die Wagentür hinter Clune zu und zischte Mehmet an:

„Lass uns abhauen!"

Ein weiterer Streifenwagen fuhr die Auffahrt entlang. Mike und Mehmet wandten sich schnell ab. So konnten sie Harry nicht sehen, der auf dem Rücksitz des Streifenwagens saß und sich mit freundlichem Interesse nach allen Seiten umblickte. Sie machten sich eilends auf den Weg in Richtung eines am Rande des Parkplatzes gelegenen Wäldchens, das zunächst einen gewissen Sichtschutz gewährte.

Mittlerweile wimmelte es auf dem eben noch so verschlafenen Rastplatz von Polizisten. Thomas hatte seinen Chef beim Reisebus abgesetzt und suchte nach einem letzten freien Parkplatz. Kramer bahnte sich seinen Weg durch die umstehenden Hundertschaften. Vor dem Reisebus bot sich ihm ein gänzlich unerwartetes Bild: Anstelle der erwarteten, vom Schrecken der letzten Stunden gezeichneten Entführungsopfer sah er sich einer gut gelaunten Truppe rüstiger Senioren gegenüber, die aus den beiden Bustüren strömten. Hatte der letzte Zustieg noch mühsam und beschwerlich gewirkt, so verlief der Ausstieg umso beschwingter. Vergessen waren Gehhilfe und Rollator, die alten Herrschaften zeigten sich durch die anregende Fahrt erstaunlich verjüngt. Nichts deutete daraufhin, dass man es hier mit den Opfern eines Gewaltverbrechens zu tun hatte. Kramer bahnte sich ungläubig seinen Weg durch die Schar munter plappernder Senioren. Allein seine über all die Berufsjahre zementierte Routine ließ ihn seine Sprache wiederfinden.

„Ist jemand verletzt?"

Die umstehenden Senioren musterten ihn belustigt.

„Nein, wieso sollte?"

Kramer schob die erstaunte ältere Dame beiseite und ging auf den Bus zu, vor dem ein kreidebleicher junger Mann im Anzug zitternd auf dem Boden hockte. Aha! Immerhin war zumindest ein Verletzter zu beklagen. Doch Kramer musste sich nicht weiter bemühen, einige Senioren hatten bereits die Erstversorgung des verstörten Patienten übernommen. Eine besorgte Dame breitete eine mit seltsamen Klettverschlüssen ausgestattete Decke um die Schultern des Mannes. Ein älterer Herr beugte sich zu Arno herunter und blickte in sein ausdrucksloses Gesicht. Er gab den Mitfahrern Entwarnung.

„Ach, was. Der braucht keinen Arzt", lautete seine prompte Diagnose. Der Herr richtete sich auf und rief den Umstehenden zu:

„Hat jemand einen Beta-Blocker?"

Die Verschlüsse nahezu aller verfügbaren Damenhandtaschen schnappten gemeinsam auf und der Chor der knisternden Tablettenblister, die zu Tage gefördert wurden, versprach baldige Hilfe. Währenddessen hatte Kramer mit der Befragung der Zeugen begonnen. Eine ältere Dame erwiderte erstaunt:

„Entführt? Also so was Verrücktes habe ich noch nicht gehört."

Sie wandte sich an ihre nebenstehende Begleiterin.

„Waren wir entführt?"

„Natürlich nicht! Wir hatten nur einen Fahrerwechsel."

Die so angesprochene Dame musterte mit zunehmendem Amüsement einen um seinen Verstand ringenden Oberkommissar Kramer. Dann winkte sie einen Bekannten zu sich.

„Heinz, komm doch mal her! Stell dir vor, Heinz: Die Polizei hier dachte, wir wären entführt worden!"

Der kurzweilige Gesprächsgegenstand lockte weitere Senioren an, die mit gespanntem Interesse der Unterhaltung folgten.

„Wer entführt schon uns alte Schachteln?" pflichtete eine weitere Dame bei, die dem Gedanken offensichtlich nicht gänzlich ablehnend gegenüberstand. Heinz stimmte launig ein.

„Ja, da müssen die Mädchenhändler aber arg in Not gewesen sein."

In die gespielte Entrüstung der Damen mischte sich unwillkürliches Gekicher, das schnell die Oberhand gewann. Der inzwischen hinzugeeilte Thomas nahm seinen Chef beiseite, auf dessen Gesicht sich bedrohliche Farbwechsel abzeichneten.

„Vielleicht war es ja wirklich ein Fehlalarm und der Reiseleiter hat sich das nur eingebildet."

Thomas macht eine Kopfbewegung zu Arno, der in eine Decke gehüllt war, die Kramer ungut an eine Zwangsjacke erinnerte, und mit glasigem Blick vor sich hin starrte.

„Irgendeinen Dachschaden hat der doch."

Kramer blickte sich in einer plötzlichen Panikattacke um und starrte in die Augen einer Hundertschaft alarmierter Einsatzkräfte, die ihn in dumpfer Erwartungshaltung ansahen. Es durfte nicht sein! Er hatte Himmel und Hölle in Bewegung gesetzt. Der Fall hatte ihm die willkommene Möglichkeit geboten, die Schmach der gescheiterten Clune-Ermittlung zu tilgen. Ein Fehlalarm? Kramers Knie wurden weich.

„Eine Entführung ist eine Entführung."

Kramer versuchte krampfhaft, sich an entgleitenden Gewissheiten festzuhalten. Sein Blick fiel erneut auf den Reiseleiter, dessen stumpfsinnige Apathie ihm so viel sympathischer war als die nahezu unanständige Partylaune der Alten. Er kniete sich zum Reiseleiter, der durch den soeben gefallenen Begriff ‚Entführung' ein wenig zur Besinnung gekommen war.

„Ich bin Kommissar Kramer..."

Der Angesprochene streckte kraftlos seinen Arm nach vorn.

„Die Entführer sind geflohen. In die Richtung."

Immerhin, ein erster Hinweis! Kramers letzte Hoffnung hing an diesem schwachen Fingerzeig.

***

Unmittelbar nachdem der Bus zum Stillstand gekommen war, hatten Herbert und Rita das Fahrzeug verlassen und waren ebenfalls in Richtung des verunglückten Autos gelaufen. Herbert war aufgrund des unbeabsichtigten Zusammenstoßes in Panik geraten. Die Möglichkeit, dass er Clune durch sein Verhalten verletzt haben könnte, ängstigte ihn.

Er konnte bereits von weitem erkennen, dass immerhin zwei der Insassen unverletzt das Fahrzeug verlassen hatten. Clune schien noch im Wagen zu sein. Er wollte sich versichern, dass ihm nichts weiter passiert war, ohne die Aufmerksamkeit der Entführer zu erregen. Seine Schritte verlangsamten sich. Im Schutze des angrenzenden Wäldchens näherten er und Rita sich weiter der Unfallstelle, bis er auch den gerade hinzueilenden Mann als Kommissar

Kramer identifizieren konnte. Besser hätte es nicht kommen können. Er hatte, ohne dabei groß in Erscheinung zu treten, die Entführer dem ermittelnden Kommissar ans Messer geliefert. Eigentlich könnte er nun den Schauplatz nach getaner Arbeit unerkannt verlassen, aber irgendetwas stimmte ihn an der Szene misstrauisch. Und tatsächlich: In offensichtlicher Verkennung der Umstände verabschiedete sich Kramer von den Entführern und brauste mit dem am Straßenrand bereitstehenden Einsatzwagen davon. Herbert beobachtete den Vorgang einigermaßen konsterniert.

„Was ist?" drängelte sich Rita in sein Bewusstsein.

„Er hat nichts gemerkt!"

„Kunststück! Der sucht nicht die Clune-Entführer, der sucht den Busfahrer. Der sucht dich!"

Herbert schluckte. Er begriff plötzlich, in welch zweifelhaftem Licht seine gutgemeinte Verfolgungsaktion erscheinen konnte. Er wusste, es blieb ihm nur eine Möglichkeit, für alle seine Fehltritte die Absolution zu erhalten.

„Wir müssen sie aufhalten!"

Rita rollte mit den Augen.

„Und wie willst du das machen? Willst du ihnen hinterherlaufen? Wir müssen endlich die Polizei verständigen."

Herbert beobachtete intensiv die Bewegungen, die sich rund um das Auto abspielten. Einige Male konnte er auch Clune erkennen, wie er aus dem Auto gezogen und im nächsten Moment wieder hineingestoßen wurde.

„Verdammt, was machen die da?"

„Komm jetzt!"

Rita zerrte an seinem Arm. Herbert beobachtete, wie sich plötzlich beide Männer fluchtartig vom Auto entfernten und ihre Geisel zurückließen.

„Die wollen abhauen!" rief Herbert „Kümmere du dich um Clune, ich behalte die im Auge!"

Ohne weiter auf Rita zu achten, nahm Herbert unauffällig die Verfolgung der beiden Flüchtigen auf. Rita sah ihm unschlüssig hinterher. Wieso sollte ausgerechnet sie sich schon wieder um Clune kümmern? Sie hatte ihr Pensum diesbezüglich wahrlich mehr als erfüllt! Nach allem, was vorgefallen war, war ihr der Gedanke, sich dem Mann im Vollbesitz seiner geistigen Kräfte zu nähern, mehr als unangenehm. Sie war sich nicht sicher, woran er sich alles erinnern konnte und sie wollte es auch gar nicht wissen. Kurzentschlossen wandte sie sich ab und eilte zu der Ansammlung von Polizisten, die noch immer den Reisebus umgab. Sie wandte sich an den nächstbesten Beamten, um ihm die frohe Botschaft zu verkünden, dass sie Phil Clune gefunden hatte.

Der Polizist Andreas M. sah sie mit müdem Blick an. Unter den Kollegen war eine gewisse Unruhe ausgebrochen. Mittlerweile hatte sich flüsternd der Verdacht verbreitet, dass es sich bei der Busentführung um einen Jux gehandelt habe und der ganze Auflauf für die Katz gewesen sei. Die einzigen Straftatbestände lagen lediglich im Bereich der Straßenverkehrsordnung. Dafür hätte es eines solchen Einsatzes allerdings schwerlich bedurft. Die Leute hatten schon einen seltsamen Sinn für Humor. Und was wollte diese Frau jetzt von ihm?

„Phil Clune! Muss ich das buchstabieren! Kommen Sie, ich zeig Ihnen den Wagen!"

Sie zerrte ihn am Ärmel.

„Na, los doch!"

Andreas merkte, dass er die Verrückte nicht so schnell los wurde und versuchte, sich eine Denkpause zu verschaffen.

„Ich muss erst meinen Vorgesetzten verständigen."

Unwillig setzte er sich in Bewegung. Zu seinem Verdruss musste er feststellen, dass ihm die überdreht wirkende Frau folgte. Unfreiwillig arbeitete er sich zu Kramer vor. Angesichts der angespannten Stimmung des Einsatzleiters hatte er wenig Lust, ihn anzusprechen. Doch Rita drängelte sich ihm entschlossen hinterher. Er hatte keine Wahl. Er musste versuchen, die Botschaft so unaufdringlich wie möglich zu verpacken. Er tippte Kramer auf die Schulter, der sich irritiert umblickte und flüsterte ihn ins Ohr:

„Da ist eine Verrückte, die glaubt, Phil Clune gesehen zu haben. Soll ich sie abwimmeln?"

Kramer fuhr herum. Der Fingerzeig des Reiseleiters hatte sich als reichlich unscharf erwiesen. Der Busfahrer bzw. Busentführer blieb vom Erdboden verschluckt und Kramer beschlichen wieder nagende Zweifel am Wirklichkeitsgehalt der auf ihn einstürmenden Sinneseindrücke. Und jetzt mischte sich in den aktuellen Alptraum auch noch der Name Phil Clune! Kramer spürte nur noch einen stechenden Schmerz in der Magengrube.

„Lassen Sie mich jetzt mit diesem Quatsch in Ruhe!"

Gereizt wandte er sich wieder Thomas und seinem aktuellen Problem zu. Andreas, der nichts anderes erwartet hatte, versicherte Rita, dass man sich um den Fall kümmern werde. Rita wartete eine Weile unschlüssig. Als sie merkte, dass niemand etwas unternahm, überlegte sie ratlos, wie sie den begriffsstutzigen Idioten von der Polizei die Wahrheit vor Augen führen konnte. Wahrscheinlich musste sie doch zunächst Clune aus dem Wagen befreien, dann würde man ihr schon glauben. Aber die Angst vor einer erneuten peinlichen Konfrontation war zu stark und ließ ihre Gedanken in eine ganz andere Richtung schweifen. Was ging sie der ganze Schwachsinn überhaupt an? Wenn die Polizei zu blöd war, ihre Hilfe anzunehmen, sollte sie es halt lassen. Rita marschierte beleidigt auf das Raststättengebäude zu, im Begriff sich ein Taxi kommen zu lassen, um nach Hause zu fahren.

„Rita!"

Hinter einem parkenden Polizeiwagen hörte Rita Herbert flüstern. Sie ging einen Schritt zurück und entdeckte ihn in seinem Versteck.

„Sieh nicht her! Bleib ganz normal. Rita, du musst mir helfen. Siehst du den Getränkewagen neben dem Hinterausgang?"

Rita blickte zur Rückseite des Raststättengebäudes. Der Hinterausgang war offen. Durch die geöffneten Flügeltüren eines davor geparkten Kleinlasters konnte sie Stapel von Getränkekisten erkennen.

„Die Entführer haben sich dahinter versteckt. Geh in die Raststätte und halte den Fahrer auf. Hörst du?"

Rita ließ absichtlich ihre Handtasche fallen und bückte sich zu Herbert.

„Woran erkenne ich den?"

„Hat 'nen Blaumann an."

„Was hast du vor?"

„Wirst du schon sehen. Jetzt geh, schnell."

Rita, deren Neugierde geweckt war, verschwand kurz darauf durch den Vordereingang im Raststättengebäude. Herbert wartete nur kurz, dann umrundete er den Wagen und ging entschlossen auf den Kleinlaster zu. Noch bevor er in Mikes und Mehmets Blickfeld geriet, rief er ihnen zu.

„He, ihr zwei. Ich denke, ihr helft abladen."

Herbert blickte hinter den Wagen in zwei erstarrte Augenpaare.

„Los doch. Ich habe nicht den ganzen Tag Zeit."

Herbert ging zur Flügeltür und hievte geräuschvoll eine Getränkekiste von der Ladefläche. Mit der Kiste in der Hand postierte er sich wiederum vor Mike und Mehmet in ihrem Versteck.

„Na los, rauf mit euch. Gebt mir die Kisten an."

Mehmet blickte Mike fragend an. Sie hatten sich den Getränkewagen zuvor als Fluchtauto ausgesucht und warteten nun darauf, dass der Fahrer wieder erschien, um ihn mit einem gezielten Kolbenschlag im Fahrerhäuschen außer Gefecht zu setzen und mit dem Fahrzeug zu flüchten. Ausgerechnet jetzt musste sich der Typ von der Raststätte einmischen. Angesichts der über den Rastplatz ausschwärmenden Polizisten hielt Mike einen offenen Angriff jedoch nicht für angeraten. Die Tarnung, die ihnen ihr Auftreten als Getränkehändler bot, schien ihm hingegen für den Augenblick durchaus willkommen. Er nickte Mehmet kurz zu und kam, die Pistole unauffällig zurück in den Hosenbund schiebend, aus seinem Versteck. Mehmet dackelte ihm wortlos hinterher.

„Zuerst die drei Kisten Cola."

Herbert deutete in den Laderaum des Kleinlasters. Er hatte sich Getränkekisten ausgesucht, die weit im Inneren unter anderen Kisten zugestellt waren. Mike und Mehmet kletterten zögerlich auf die Ladefläche und zogen sich in das Innere des Wagens zurück. Blitzschnell schloss Herbert die Flügeltüren, fixierte sie von außen, indem er sein Portemonnaie unter den Griff stopfte und rannte los.

Kramer versuchte derweil verzweifelt, nähere Informationen über den Busfahrer aus den Alten herauszuquetschen. Letztere wurden durch die polizeibedingte Verzögerung ihres Ausflugs dann doch ungehalten. Eine ältere Dame trat Kramer resolut entgegen.

„Wie lange wollen Sie uns eigentlich noch hier festhalten?"

Kramer knetete verzweifelt seine Stirnfalten.

„Ich brauche Sie als Zeugen. Insbesondere da der Fahrer verschwunden ist."

Eine Gestalt bahnte sich ihren Weg durch die Menge. Aus den Reihen der Umstehenden war ein „Da ist er doch" zu vernehmen, bevor Herbert atemlos zu Kramer durchbrach.

„Ich hab sie! Ich hab die Entführer!"

***

Nach einem kurzen Moment der Konsternation im Inneren des Getränkelasters überschlug Mike blitzschnell die Situation. Er widerstand dem direkten Fluchtimpuls und versuchte, durch ein kleines Fenster zum Führerhäuschen die Lage zumindest im vorderen Bereich des Fahrzeugs zu überblicken. Mehmet rappelte derweil an der Hintertür. Ein Gegenstand fiel auf der anderen Seite zu Boden.

„Lass die Tür in Ruhe!"

„Ich will hier raus."

„Warte, verdammt!"

Mike hatte durch das Fenster den Fahrer beobachtet, der aus dem Gebäude gekommen war und sich dem Wagen näherte. Aus seiner Jackentasche fingerte er seinen Autoschlüssel. Mike zertrümmerte vorsorglich mit einem Schlag des Pistolengriffs das Innenfenster zum Führerhäuschen.

Getränkehändler Alfons H. hatte zunächst mit dem Pächter der Raststätte über das ungewöhnliche Polizeiaufgebot gerätselt, als Rita sich ihnen zugesellte und die Geschichte eines betrunkenen Busfahrers zum Besten gab, der die Polizei mit seiner Fahrweise in Angst und Schrecken versetzt hatte. Nachdem man die unverhältnismäßige Polizeimaßnahme ausreichend kommentiert hatte, verabschiedete sich Alfons, um seine Tour wieder aufzunehmen. Kopfschüttelnd betrachtete er das Treiben um den gestrandeten Reisebus, öffnete die Wagentür seines Kleinlasters und setzte sich auf den Fahrersitz. Plötzlich spürte er einen kalten Gegenstand, der sich ihm bedrohlich in den Nacken bohrte.

„Du machst jetzt genau das, was ich dir sage!"

Kramer und die umstehenden Beamten rannten derweil Herbert hinterher, der wild gestikulierend auf das Raststättengebäude zulief und auf einen Kleinlaster deutete.

„Da drin, da drin sind sie."

Kramer schloss zunächst zu Herbert auf und packte ihn am Ärmel. Wer oder was sich auch immer in dem Wagen befand, einen Verdächtigen hatte er schon mal in der Hand. Er schickte mit einer Kopfbewegung einige der Beamte in Richtung Getränkewagen.

„Überprüfen."

Er hatte gerade begonnen, sich zu fragen, woher plötzlich Herbert Maletzke aufgetaucht war und wie er um alles in der Welt auch in diesen Fall verwickelt sein mochte, als sich der Kleinlaster plötzlich in Bewegung setzte.

„Halt! Stehenbleiben!"

Die Rufe der nacheilenden Beamten verhallten unbeachtet.

Im Inneren des Wagens zischte Mike Alfons Anweisungen ins Ohr. Doch Alfons hatte nicht vor, sich willenlos dem Diktat des Fremden zu beugen. Er kannte sein Auto und seine Möglichkeiten. Offensichtlich war den Gangstern im Laderaum ihre prekäre Situation nicht bewusst. Alfons warf einen Blick auf das vor ihm liegende Gelände und die Ausfahrt, der sie sich bedrohlich näherten. Dann warf er sich mit einem beherzten Schwung zur Seite und riss das Lenkrad herum.

Die Beamten, die den Fluchtcharakter des Fahrverhaltens korrekt interpretierten, hatten ihre Waffen gezückt und zielten auf die Reifen, als der Wagen eine heftige Linkskurve machte, die ihn fast aus der Spur hob. Ein ungeheures Scheppern von dutzenden Getränkekisten hallte über den Parkplatz. Mit einem durchdringenden Quietschen und weiterem Gepolter kam der Wagen endlich zum

Stehen. Die Fahrertür flog auf und Alfons rannte mit erhobenen Händen auf die Beamten zu.

Kramer, der angesichts der sich überstürzenden Ereignisse von Herbert abgelassen hatte, war dem Fahrzeug hinterhergerannt. Alfons, der von Polizisten umringt wurde, japste:

„Man hat mich bedroht. Die Kerle sind da drin."

Kramer näherte sich mit einem Dutzend Beamten der Hecktür des Wagens.

„Aufmachen!"

Während die Kollegen ihre Waffen in Anschlag brachten, ging ein Polizist nach vorne und öffnete die Tür. Nachdem mit ordentlichem Geschepper einige Flaschen von der Ladefläche gerollt und auf dem Asphalt zerschellt waren, bot sich den Beamten im Inneren ein trauriges Bild. Ein Haufen umgekippter Getränkekisten und Werbeaufsteller hatten Mike und Mehmet unter sich begraben. Kramer kämpfte sich mit einem Kollegen durch den Flaschenberg. Er entdeckte zuerst Mike, dessen Kopf unter einem Werbeaufsteller in Form eines überdimensionierten Pilsglases mit der Aufschrift „Freiheit, die wir lieben" hervorschaute. In gemeinschaftlicher Anstrengung vermochten sie, Mike und Mehmet aus dem Laderaum zu ziehen, die, durch das Bombardement noch reichlich benommen, auf die Füße kamen. Mike rieb sich die blutige Stirn.

„Wir haben nichts getan. Was wollen Sie überhaupt von uns?"

Mittlerweile war Herbert zur Gruppe aufgeschlossen und betrachtete mit einer adrenalingetränkten Mischung aus Eifer und Stolz sein Werk.

„Was Sie getan haben, kann ich Ihnen sagen. Ich verhafte sie wegen Freiheitsraubs in fünfunddreißig Fällen."

Mehmet stierte Kramer fassungslos an.

„Ey, also, so krass war's ja wohl nicht."

„Damit haben wir nichts zu tun!" fuhr Mike Mehmet übers Wort.

„Wir hatten immer nur einen." versuchte sich Mehmet zu verteidigen.

Mike warf ihm einen warnenden Blick zu. Herbert mischte sich ins Geschehen und rüttelte an Kramers Ärmel.

„Das sind doch die Clune-Entführer!"

Kramer starrte ihn glasig an.

„Die was?"

„Na die Männer, die Phil Clune entführt haben!"

„Der mag ja berühmt sein, zählt aber trotzdem nur einmal, oder?" gab Mehmet in gerechter Entrüstung zu bedenken. Mike blieb nichts anderes übrig, als Mehmet vernichtende Blicke zuzuwerfen. Mittlerweile hatte sich auch Rita der Gruppe genähert und sah jetzt endlich den Moment gekommen, die entscheidende Information zu platzieren.

„Clune saß in dem Wagen, der abgedrängt wurde. Wir haben sie verfolgt."

Jetzt erst erkannte Kramer in den zwei traurigen Gestalten die beiden Männer, die aus dem verunglückten Auto gestiegen waren. Vor seinem inneren Auge sah er wieder den abgedrängten Wagen mit dem Insassen auf der Rückbank, der unverständlich brüllte. Kramer sah ihn deutlich vor sich, wie er die Lippen stumm bewegte und plötzlich schaltete sich in seinem Kopf eine Tonspur hinzu, die dem Schrei Bedeutung verlieh.

„Help! I am Phil Clune!"

Kramer fasste sich taumelnd an den Kopf.

„Der verrückte Bruder im Wagen..."

Die Bedeutung des Sachverhalts explodierte wie eine Bombe in Kramers Bewusstsein. In einem Anfall von Euphorie packte er den nächstbesten Streifenbeamten am Arm und schüttelte ihn durch.

„Wir haben die Clune-Entführer! Weißt du, was das bedeutet, Mann!"

Während die umstehenden Beamten Zeuge eines nicht für möglich gehaltenen Wechselbads der Gefühle wurden, wagte Thomas in einer Atempause zwischen Kramers Jubelschreien zu fragen:

„Und was ist mit den Busentführern?"

„Scheißegal, was mit denen ist!", brüllte Kramer mit leuchtenden Augen. Er klopfte Thomas schwungvoll auf den Rücken.

„Wir haben die Clune Entführer!"

„Da muss ich Sie leider enttäuschen."

Kramer wirbelte herum. Unbemerkt hatte sich CIA-Kollege Rindsperger unter die versammelte deutsche Polizeischlagkraft gemischt und ohne erkennbare Gefühlsregung den Sachverhalt richtig gestellt.

„Mein Kollege und ich haben den Entführer gefasst. Die Beweislage ist eindeutig."

Kramer sah in ungläubig und hasserfüllt an.

„Das kann gar nicht sein!"

„Es tut mir Leid, dass Ihre Ermittlungen erneut ins Leere laufen. Aber jetzt sind wir ja da, um zu helfen."

Kramer überkam der nahezu unwiderstehliche Drang, seinem Gegenüber das Gel aus den Haaren zu prügeln. Mühsam beherrschte er sich. Er würde ihn schon in seine Schranken weisen! Schließlich hatte er noch den letzten, alles entscheidenden Joker in der Hand.

„Was heißt hier ins Leere? Sie wollen den Entführer haben? Haben Sie denn auch Clune?"

„Noch nicht. Aber bald."

Kramers Miene erhellte sich schlagartig. Er grinste Rindsperger in der Vorausschau seines ultimativen Triumphs breit an.

„Vergessen Sie's. Ich hab ihn!"

Kramer setzte sich entschlossen an die Spitze einer Menschentraube, die auf das verunglückte Auto am Rand der Raststättenauffahrt zueilte. Herbert, der es sich nicht nehmen lassen wollte, dem geglückten Ausgang seiner Befreiungsaktion beizuwohnen, eilte ebenfalls Kramer hinterher. Er fühlte sich wie ein Filmheld, der nach bestandenen Abenteuern in den letzten Momenten vor dem Abspann seinen Erfolg feiern darf. In ihm keimte ein Gefühl von Freude und Befriedigung, das er bislang nur aus dem Kinosessel kannte. Und so eilte er dem Happy End entgegen, das ihn für alle seine Qualen belohnen sollte. Kramer näherte sich dem Wagen. Er wandte sich an Rindsperger.

„So, jetzt werfen Sie mal einen Blick aus ihrem Monokel, Mr. Klugscheißer!"

Er beugte sich über die Hintertür und blickte in den Wagen. Der Wagen war leer. Kramer durchzuckte es.

„Mr. Clune?"

Kramer blickte sich in einer plötzlichen Panikattacke nach allen Seiten um. Rindsperger verzog den Mund verächtlich. Und Herbert wünschte sich in seiner Enttäuschung zurück in den verdunkelten Kinosaal, den Blick auf eine flimmernde Welt gerichtet, in der auf die Belohnung des Helden noch Verlass ist.

„Mr. Clune!" brüllte Kramer. Keine Antwort, nur ein allgemeines, betretenes Schweigen. Kramer stampfte wutheulend auf.

„Verdammt, wo ist er? Ich werde wahnsinnig! Wo ist der Scheißkerl???"

***

Harry hatte einige Zeit ungerührt im Streifenwagen gewartet. Zunächst hatte er mit Interesse die Einzelheiten des Einsatzes verfolgt, jedoch war der Unterhaltungswert bald geschwunden. Nachdem die Polizisten ihren Einsatzort erreicht hatten, waren sie zu dem parkenden Reisebus geeilt und überließen Harry seinem Schicksal. Harry wartete nun schon seit geraumer Zeit auf dem Rücksitz und begann sich zu langweilen. Er sah über die Rückbank in den Kofferraum Sein Blick blieb an einer alten Polizeikappe hängen. Er langte nach hinten und probierte sie auf. Nach vorne gebeugt betrachtete er sich im Innenraumspiegel. Kritisch legte er die Stirn in Falten und fixierte sich selbst mit einem gestreng mahnenden Blick. Vornübergebeugt hatte er auch einen besseren Blick auf das Fahrercockpit. Fasziniert betrachtete er die große Spielwiese der Schalter und Hebel. Es war zu reizvoll. Mit einem kurzen Seitenblick checkte er die Situation außerhalb des Wagens. Außer einer Unmenge abgestellter Streifenwagen war nichts und niemand zu sehen. Er stieg schnell aus und auf der Fahrerseite wieder ein. Befriedigt ließ er sich in den Fahrersitz fallen. Mit souveräner Gewandtheit packte er das Lenkrad und richtete seinen Blick auf die Welt jenseits der Windschutzscheibe. Doch der wahre Kick blieb aus. Er fühlte sich wie damals, als er als Kind erwartungsfroh auf ein Fahrgeschäft geklettert war, das jedoch regungslos verharrte, da seine Mutter sich weigerte, ihr Kleingeld in dem zugehörigen Blechkasten zu versenken. Harry wollte sich mit der Situation nicht abfinden: Es musste doch irgendeinen Weg geben, einen Kurzschluss zu erzeugen und den Wagen zu starten. Er bückte sich und untersuchte den Fußraum.

Clune hatte sich, soweit es seine Fesseln erlaubten, an die Hintertür herangearbeitet. Anfangs hatte er in der stillen Hoffnung ausgeharrt, einer der unzähligen Polizisten, die auf dem Parkplatz eintrafen, würde ihn endlich finden und befreien, nachdem seine Peiniger das Weite gesucht hatten. Nach einiger Zeit setzte sich jedoch die traurige Erkenntnis durch, dass niemand von ihm Notiz nahm. Es blieb ihm nichts anderes übrig, als sich selbst zu helfen. Die nachlässig angelegten Fußfesseln gewährten ihm einen gewissen

Spielraum. Mit einigen Verrenkungen und einem Fußtritt hatte er es geschafft, die Hintertür des Wagens zu öffnen. Vorsichtig richtete er sich auf und überblickte den Parkplatz. In einiger Entfernung sah er ein großes Polizeiaufgebot, das sich um einen Bus scharte. Nicht weit von seinem Standort entfernt parkten einige Streifenwagen. Mühevoll und durch ein Isolierband zum Schweigen gebracht, bewegte er sich auf die Streifenwagen zu, in der Hoffnung, wenigstens einen Polizisten anzutreffen. Doch seine Hoffnungen blieben zunächst enttäuscht.

Harry startete erfolgreich den Wagen. Er hatte zwar mit seinem Versuch, einen Kurzschluss zu erzeugen, keinen Erfolg gehabt, war aber bei seiner Suche nach geeigneten Werkzeugen im Handschuhfach auf einen Zweitschlüssel gestoßen. In erwartungsvoller Vorfreude rückte er seine Kappe zurecht. Er nahm entschlossen das Lenkrad in die Hand und wollte schon einen Gang einlegen, als er eine seltsame Gestalt auf seinen Wagen zuwanken sah. Ein näherer Blick auf den Mann machte Harry klar, dass sich ihm hier eine willkommene Gelegenheit bot, sich in seiner neuen Rolle als Freund und Helfer zu profilieren.

Wenige Minuten später begann Clune erstmalig wieder, sich ein wenig zu entspannen. Er lehnte sich im Beifahrersitz zurück. Der Polizist am Steuer des Wagens hatte ihm nicht nur umgehend geholfen, sich seiner Fesseln und des Isolierbandes zu entledigen, nein er hatte etwas getan, was noch viel wichtiger war: Er hatte ihm seine Identität zurückgegeben.

„Where do you want to go, Mr. Clune?"

Mr. Clune! Die mit einer beruhigenden, sonoren Stimme gesprochenen Worte waren Musik in seinen Ohren. Clune kamen fast die Tränen. Er hätte den Sprecher dieser Worte vor übersprudelnder Dankbarkeit am liebsten umarmt. Er blickte den Polizisten an: Das war der erste normale Mensch, der ihm seit langem begegnet war!

„Just get me out of here. Quick."

Harry sonnte sich voller Genugtuung in der Dankbarkeit seines prominenten Fahrgastes. Er nickte ihm beruhigend zu und beschleunigte. Nach kurzer Zeit jedoch kündigte sich ein Hindernis an: Ein Verkehrsschild wies auf die nächste Baustelle und eine Geschwindigkeitsbegrenzung auf achtzig Stundenkilometer hin. Clune stöhnte unwillkürlich. Harry versicherte ihm in seiner tiefsten verfügbaren Stimmlage:

„Don't worry, Mr. Clune. We`re free - at last!"

Mit dem berauschenden Machtgefühl eines Menschen, der weiß, dass ihm die Welt auf Knopfdruck zu Füßen liegt, schaltete Harry das Blaulicht an, zog den Wagen auf die Überholspur und feierte mit einem unverzagten Tritt auf das Gaspedal die ultimative Freiheit der Straße.

FSC
www.fsc.org
MIX
Papier | Fördert
gute Waldnutzung
FSC® C083411

Zeitfracht Medien GmbH
Ferdinand-Jühlke-Straße 7
99095 Erfurt, Deutschland
produktsicherheit@kolibri360.de